TAKE
SHOBO

王立魔法図書館の[錠前]は執愛の蜜獄に囚われて

当麻咲来

Illustration
逆月酒乱

JN047495

MOON DROPS

王立魔法図書館の[錠前]は
執愛の蜜獄に囚われて

Contents

イラスト／逆月酒乱

王立魔法図書館の「錠前」は執愛の蜜獄に囚われて

MOON DROPS

プロローグ

『焚書は序章に過ぎない。本を焼く者は、やがて人間も焼くようになる』

ハインリヒ・ハイネ

「まったく急進派の人間たちは、余計なことをしてくれたものだ」

真っ白い神官の衣装を身に着けた男は、教会の総大司教のみに許された聖殿の豪奢な椅子に座っている。その前に跪いたエルラーン司祭は、恭順《きょうじゅん》の意を示すように、胸に手を当てて頷いた。エルラーンの胸元で、教会の印を象《かたど》った首飾りが微かに揺れる。

イスヴァーン王国の至宝である王立魔法図書館。そこで重要な役割を担う『錠前』が異世界から来た新しい司書に引き継がれて、すでに一年が経つ。だが『鍵』を決める儀式の際に、教会の一部の者によって行われた不遜な行為は、王族の激しい怒りを買った。

『鍵』回しの儀式に、強引な介入をしたシェラハン司教の失態により、教会組織は再編成を受け入れざるを得なかった。シェラハンは『鍵』候補を知らせる責務を担いながら、その名前を違う者の名前と入れ替え、その上教会の『鍵』候補であったエルラーンを『鍵』とするため、儀式の部屋に『鍵』以外の人間を送り込んだのだ。

当時シェラハンが在籍していたのは、教会を至上として、王立魔法図書館の権力を自らの派閥のものにしようとする急進派だったのだが、陰謀の結果としてシェラハンをはじめとした急進派の上層部は死罪、それ以外の者は降格され遠隔地に追いやられたり、破門処分となった。

『鍵』候補であった自分もまた、処分の対象になりかけたが、普段から実直に司祭としての活動を続けていたこと、直接たくらみに関わったわけではないと証明されたことで、なんとか元の司祭の地位を維持することができたが……。

教会の権威失墜の弊害は、今も様々なところに出ている。エルラーンは自分の管理する孤児院の冬支度の資金繰りにすら悩む状態だった。

（本当に、あの男さえ、余計なことをしなければ……）

自分が『錠前』を手に入れられたはず、だった。そのつもりで段取りもしていたし、最後の儀式の時、あの女は前の『鍵』を救うために自分に身を捧げる決意をしていた。シェラハンの横やりがなければ、騎士の男も介入せず、あとはじっくりと美月を自分のモノにするためにベッドで導いてやれば良かっただけだ。そのための準備に怠りはなかったのだが……。ただしシェラハンが王族の候補の入れ替えをしていなかったら、前の『錠前』セイラ同様に、美月が最初からあの騎士の男を選んでいた可能性は高かったかもしれないのだが。

（それならばそれで、美月に一度も会わなければ、こんな風に感情を掻き乱されることもなかったはずだ）

エルラーンは儀式の間で乱れる美月の姿を思い出し、微かに眉を顰《ひそ》めた。

「確かに我が教会から、王立魔法図書館の『鍵』を送り込むことができれば、大きな力になったであろうが……。過去の出来事は神にも変えることはできない。それに今、教会も火中の栗を拾いに行っている余裕はないのだ。イスヴァーン国王や貴族たちとの関係強化が何より一番の課題。くれぐれも周りへの影響を考え、謹んで行動するように」

穏健派のナザーリオ総大司教の言葉に、エルラーンは思索にさまよっていた思考を、この国の教会における最高位にいる男の元に戻した。

「はい、もちろんです。今は教会にとっても大事な時期だと、私も重々承知しております」

頭を垂れて一礼をすると、総大司教の執務室を退出したエルラーンは、深いため息をつく。現在の教会の国内での主流は穏健派だ。だが、急進派を内部で処理したため、穏健派に反発する人間たちも存在する。そして未だに元『鍵』候補であった自分は教会にとって重要人物なのである。

（いっそ……旧急進派を煽《あお》って、都合のいいように利用してやるか……）

こうした時、ふと脳裏に浮かぶのは、マルーンで手に入れそびれた『錠前』の姿だ。あの時感じた執着は未だに収まることはない。夜ごと幻影と夢に惑わされる日々が続いている。

（今度こそ失敗はしない。美月を手に入れて、あの忌々しい魔法図書館ごと自らのモノにするのだ）

教会内部が空中分離しかかっている今が好機かもしれない。密かにエルラーンは決意を固めたのだった。

※　※　※

「書庫を開ける協力をしてもらって、ありがとうございます」

お互いの体調が許せば、毎夜のように睦みあう二人だが、儀式の間でするそれは少し意味合いが違う。少しだけ顔を赤らめて礼を言うと、イサックは紫の目をクシャリと細めて笑みを浮かべた。

「俺の司書殿が望むなら、『鍵』として、いつでも協力は惜しまない」

などと言いながら、わざと騎士の礼までしてみせる辺り、やっぱりイサックはちょっと意地悪だと思う。でもその姿も凛々しくて素敵に見えてしまうから、結局は自分はイサックが好き過ぎるだけかもしれない。

「さてと、今日は書庫の整理をするんだったな……」

「はい。『蔵書点検』です」

「『蔵書点検』ってなんだ？」

「この蔵書目録……リストに載っている本が本当に本棚にあるのか、全部の本について確認するんです」

美月は梯子を上り、一番上の棚から本を一冊ずつチェックしていく。目録には浮遊の魔導を掛けているので、空中でもチェックできて便利だ。ヴァレリーとアルフェと一緒に、こつこつと魔導訓練を続けていたおかげで、美月は初級レベルの魔導であればかなり使えるようになっている。

今日は王宮にわざわざ許可を取って、禁忌の魔導書が書架に並ぶ書庫の蔵書を点検するために開けたのだ。というわけで図書館自体は本日から三日間、閉館する予定になっている。

美月は蔵書目録を片手に、希少な本が多い第五階層の書庫から順番に一冊ずつチェックをしていく。もちろん書庫の本に関しては、持ち出しが厳重に管理されているので、所定の位置にきちんと戻っている。だが湿度温度が一定に保たれているとはいえ、年月経過による汚れや修繕が必要なものもあるのだ。

ただし、禁忌の魔導書がある書庫を開けたままにしておくのも怖いので、第一書庫は内側から通常の鍵を掛けている。そして第五書庫から順番にチェックし、各書庫の確認が終わり次第、一部屋ずつ鍵を掛けるようにした。どちらにせよ、書庫にある魔導書に関しては、今日中に作業を終えるつもりだ。イサックも反対側の棚から一つずつ本を見ては、目録で確認している。

「さすがに第五階層の本は触れるのも怖いな」

一冊ずつ目録と合わせて確認し、棚に戻していく。確かに表紙を見るだけでも、『創世に関する魔導書』などまさしく秘術中の秘術、といった題名が並ぶ。ほとんど読まれることのない本は、本の状態も良く、冊数も少ないため、目録と突き合わせるだけであっという間にチェックが終わった。

真面目な二人は黙々と作業を続け、第五書庫、第四書庫を終えて、次は第三書庫に入っていく。第三書庫からは比較的開けることの多い書庫なので、美月も何度か手に取った馴染みのある本が並んでいる。だがその中に今まで存在に気づいてなかった本を見つけた。

「『王立魔法図書館の『錠前』制度と秘術について』……？」

思わずタイトルが気になって手に取ってしまった。開いてパラリとページをめくると、綴じ糸が切れたのか、取れかけているページがある。

「これ、綴じ直した方がよさそうだな」

それに内容も気になる。一旦本を下ろし引き続き作業を続け、なんとかその日のうちに第一書庫までの点検を終えた。先ほどの本を含め、修理が必要な本に関しては、後日まとめて返却することにして、儀式が不要で、通常の鍵のかかる第一書庫で修繕作業をすることにしたのだった。

※　※　※

「ヴァレリー、この本を見たことありますか?」

蔵書点検中にも関わらず、何故か図書館に入り込んでいる上級魔導士の姿に、イサックは一瞬不機嫌な顔をしたものの、彼が本の片づけを手伝い始めた様子に、肩を竦めて元の作業に戻っていく。まあ、背中越しの視線は感じなくもないけれど……。

(相変わらず、イサックはやきもち焼きだよね……)

などと思いながらも、本を見せると、ヴァレリーはそれを手に取った。

「……『王立魔法図書館の『錠前』制度と秘術について』か」

魔導書に関しては、自分よりヴァレリーの方がよっぽど詳しい。眼鏡越しの視線を細めると、ヴァレリーはページをめくり始める。美月も一通り目を通したのだけれど、理解できない内容も多く、それでも『錠前』制度や、図書館に関する本であれば、もう少し詳しく知っておきたいと思ったのだ。

「いや、俺もこの本を見るのは初めてだ。……だが、この『臨時の鍵に関する制度』については聞いたことがある。ジェイの石化の事件の時にも、この制度で対応する話が一旦は出たようだ。だが引退時期が迫っていたセイラは、新しい『錠前』を選ぶ方法を選んだ」

「本来なら、正規の『鍵』が機能しない時に、元の『鍵』候補の中から代理を立てて、その人と臨時に『鍵』を回せる、っていう制度ですよね」

つまり、元の『鍵』候補を儀式の間に受け入れれば、すぐにでも鍵は開けられたのだ。

ただ、セイラがそうする気になれなかった気持ちは美月もよくわかる。

「まあ、そもそもセイラの場合、その選択はできなかったんだが……」

ヴァレリーは本に目を落としながら、ぼそりと呟いた。

「……できなかった？」

「ああ、前の魔導士の『鍵』候補は、ずっと国外で研究生活をしているし、教会側の候補者にいたっては、行方不明だからな」

「え？　どういうことですか」

「さあ。噂では前の『錠前』に執着しすぎて精神に異常をきたしたらしいが。そのあとは教会内部で軟禁されているのか、それともどこかで頓死したのか……」

ページを捲りながら何気なく言われた言葉に、美月は目を瞠る。前の『錠前』セイラは悩むことなく、最初に会ったジェイを『鍵』に指名したらしい。他の候補とは鍵回しの儀式をすることはなかったと言っていた。

「でも、セイラはその候補の人とは、直接会っていないんですよね。なのになんでそこまで？」

尋ねると、ヴァレリーは本から目を上げて、首を横に振った。

「いや、セイラは元『神の巫女』だからな。教会の候補の男とはもともと知り合いだったらしいぞ。男の方が一方的にセイラに想いを寄せていて、そのあと『鍵』候補に指名されて、想いを遂げられると思っていたらしいが、セイラはあっさりと最初に出会った王弟、ジェイを選んで、その男とは会いもしなかった、という話のようだ」

　肩を竦めてヴァレリーは話を続ける。

「まあ、『鍵』候補たちは、『錠前』に強い執着を感じるようになっているからな。元々の恋情の上に、『鍵』としての執着が加われば、それはなかなか大変な想いになりそうだ。……そもそも、この王立魔法図書館の制度にも問題はあるんだろう……」

　そういうと彼は本を閉じて、カウンターに置く。そして思いついたように、書庫を出て、開架の本棚から、本を何冊か選んで戻ってきた。

「この図書館の『鍵』選びに関しては、いくつも言い伝えが残っている。興味があったら読んでみたらいい。まあセイラの時の教会の候補の男に関しては、あと百年ぐらい経ったら、そういう言い伝えの一つになるのかもしれないな……」

　そう言われて美月はヴァレリーの持っている本を覗き込む。

「毒婦のような、『錠前』の話もあるぞ。正式に『錠前』となったあと、選ばなかった『鍵』候補と浮気して、元々の『鍵』を排除する女の話だ」

　にやりと悪そうに笑うヴァレリーを美月はムッとして睨みつける。

「そんな人と私を一緒にはしないですよね？」

　美月の言葉にヴァレリーはするりと彼女の頬を撫でて、一瞬耳元に唇を寄せて囁く。

「……俺は、お前にだったら騙されてもいい」

瞬間、カッと全身の熱が上がり、頬が火照る。その様子を見て、奥で作業をしていたイサックが、怒りのオーラを纏わせてヴァレリーを睨みつけてきた。

美月は慌ててヴァレリーと距離を取り、イサックに対して大丈夫、と言う代わりに笑みを返す。

「だがまあ、残念ながら、お前はそんな器用なタイプじゃない」

そんな恋人たちの様子を確認すると、ヴァレリーは肩を竦め、最初に美月が持っていた書庫の本にしおりを挟んで渡す。

「それでも執着心が強い『鍵』ほど、どこかで『錠前』の想いを信じ切れないのかもしれないな。まあ、あの男を安心させてやりたいなら、その魔導書を参考にしたらいい。お前自身の身を守ることになるかもしれない魔導が、いろいろと載っているからな」

眼鏡の奥の瞳が謎めいた色合いを浮かべ、美月がそれについて尋ねようとした瞬間。

「では俺はそろそろ帰る。ああ……騎士殿。俺はしばらくこっちには来られない。王都では、少々不穏な噂も出ているから、美月のことはしっかり守ってやってくれ」

ゆっくりと出口に向かって歩き始めたヴァレリーに、イサックは不機嫌そうに言い返す。

「美月は俺の守るべき恋人だ。……お前に言われるまでもない」

イサックの迷いのない返答に、ヴァレリーは振り向くことなく、小さく手を上げる。

「……そこまで言うなら、最後まで守り通せよ、絶対に」

だが、ぽつりと零したヴァレリーの言葉は、美月にもイサックにも届くことはなかった。

第一章　王都デートは不穏な空気の中で

「美月、どうした？」

そろそろ就寝準備をしようかという時間。ターリィの面倒を見て、ついでに図書館の周りを見回って戻ってきたイサックは、ベッドに腰かけて涙を零している美月を見て、声を掛けた。

「あ……ごめんなさい」

イサックをびっくりさせてしまった。美月は慌てて涙をぬぐい、本を閉じた。そんな彼女の様子を見て、何かがあったわけではなく、読んでいた本のせいで泣いていたらしいと気づいたイサックは少し表情を緩める。

「それのせいか？」

本を指さすと、美月は恥ずかしさを誤魔化すように小さく笑う。

「興味があれば読んでみればいい、ってヴァレリーが書架から取ってきてくれたんです。図書館の『錠前』と『鍵』に関する逸話が集まっているみたいで」

ちょうど美月が読んでいたのは、最愛の『鍵』を、図書館を巡る戦いで失った『錠前』

の悲劇だった。昔から王立魔法図書館は、他国からも狙われることが多く、そうした争いの結果、『錠前』を庇って亡くなった騎士で『鍵』の男性の話は、イサックの献身的な姿を思い出させて、美月の胸に迫ったのだ。切ないエピソードを思い出してしまって、慌てて話を変える。

「あの……今読んでいた話は切ない話だったんですけど、それ以外にもいろいろなお話があって、なかにはずいぶんと酷い話もあるんですね」

その前に読んでいた話は、今日ヴァレリーから聞いた話だろう。

『錠前』にとって唯一の存在である『鍵』に飽き足らず、他の元『鍵』候補と浮気をし、最後には『鍵』を不能よばわりして、浮気相手の『鍵』候補と『鍵』が『錠前』を巡って争い、相打ちになってしまう話だ。呆れたことに、その『錠前』は最後に残った『鍵』候補を新たな『鍵』に指名して、普通に魔法図書館の司書の仕事を継続した、という結末には正直イライラが最高潮に達してしまったが。

「過去の『錠前』にそんな人がいたっていうの自体、気分が悪いですよ。図書館もそんな人を選ばなきゃよかったのに」

怒り交じりにそんな話をすると、イサックはどこか切なそうな顔をして、美月が持っていた本を見つめた。

「まあその『錠前』も図書館が選んだ時から、そんな人間だったわけではないんじゃないか。だがまあ……『鍵』や元候補達が、変わってしまった『錠前』の思い通りになってしまったのは、彼女の魅力に抗えなかったんだろう……」

美月の手から本を取り上げ、本棚に戻すと、イサックは美月の手を取り、自らの膝の上に座らせる。自然と首筋に唇を押し当てられて、胸の鼓動が高まる。

「私は……こんな人とは違いますよ」

「わかっている。だが『鍵』候補たちが、『錠前』に惹かれるのは理屈じゃない……」

イサックはいつもそんなことを言う。そしてヴァレリーに対して悋気を隠さない。彼が言うほど『鍵』は『錠前』に惹かれるものなのだろうか。美月はいつも疑問に思っていた。

「……美月……」

彼と出会って一年が過ぎた。たった数日間で美月の人生を根底から覆してしまった異世界転移と『鍵』選びの儀式から二人の関係は始まって、お互いの愛情を確認しあった分館への旅。それ以外にも大小さまざまなことを経験し、絆もより深まっている。それでも、最初の儀式で他の男性に触れられたことが未だに彼の中で引っかかっているのかもしれない。

(もし逆の立場なら……儀式なのだから仕方ないことだ、とわかっていても、イサックが他の女性を抱いているのを横で見ていたら、私だってその後ふとした時に不安になると思う)

たぶん自分たちのように特殊な関係でなくても、恋人の過去に嫉妬することはあるだろう。だから余計に美月は素直な想いを口にするようにしている。

「誰が何を言おうとも、私が好きなのは、イサックだけです。今もこれからも」

彼の膝の上で体をひねって、彼の瞳を見つめる。ゆっくりとアメジスト色の瞳が瞬くと、少しだけ照れたように細められた。

「俺もだ……」

鼻先を触れ合わせて二人で笑う。それだけで温かい光が、胸の中に灯るような感じがする。それは間違いなく彼との間でしか感じたことのない幸せな感覚だ。彼の両手が美月の頬を捕らえ、互いに引き寄せ合うと自然と唇が重なる。

「……んっ」

二人の寝室の窓から柔らかい月の光が差し込んでいる。どこからともなく、宵闇に紛れて甘い花の匂いが微かに届く。秋の終わりに咲く金木犀の香りに似ていて、美月はその懐かしい香りの中で、イサックと何度も唇を重ねていた。

徐々に深まるキスに、甘い吐息と舌を絡ませて、互いの雫を分け合う。何度触れ合っていても、最初触れ合う時はドキドキする。そして深く貪られるたびに体は甘く溶けていく。

「……美月が欲しい」

耳元で欲望に掠れた彼の声がする。どこか甘えるようで切なく思えるから、小さく頷きながら、彼のうなじに手を回した。

「ひぁんっ」

それに気を良くしたのか、イサックは美月の耳たぶを食んで、耳殻に唇を滑らせる。次の瞬間、彼が魔導で美月の服をすべて奪ったことに気づく。ゆっくりとベッドに押し倒されると美月は甘い吐息を漏らした。

「美月の肌は温かくて気持ちいいな……」

足を絡ませゆっくりと擦りつけられて、美月は恥ずかしさに顔を赤くする。大きな手が緩やかに美月の頬を撫で、首筋を辿り胸に落ちてくる。美月は手を伸ばし、彼の肩に触れるとゆっくりと彼のうなじに手を回す。ちゅっと美月から軽く口づけると、イサックが小さく笑った。

「……寒くはないか?」

晩秋の夜は冷え込む。温かい布団を掛けられて、熱い肌に抱かれて、美月は笑みを返した。

「イサックが一緒だから、寒くないですよ」

「そうか、俺は少し寒いから、美月の『一番熱い所』に早く挿入《はい》りたい」

自分を強請《ねだ》る声に美月はドキンと胸を跳ね上げる。今日のイサックは少し甘えるような感じが可愛くて愛おしい。けれど可愛いだけじゃなくて……。

「美月のここは、すぐトロトロになるからな、俺はあまり我慢しなくても済みそうだ」

いつもはじっくりと上半身から攻めたてるイサックが、身を起こすといきなり美月の膝裏に手を差し入れ、下肢を大きく開いた。

「え、あのっ」

びっくりして身をよじるが、しっかりと抑え込まれていて身動きが取れない。しかも寒がるといけないと思ったのか、布団を上に掛けられて、代わりに彼は美月の脚の間に膝をつき、そのまま美月の腰を抱え上げると、まだ濡れていないであろう蜜口に唇を寄せる。

「やっ……なんで、いきなりっ」

お尻に手を添えて腰を高く上げられて、彼の舌がぺろぺろと蜜口を這いまわる。ゾワゾワした快楽が一気に背筋を駆け上がり、じわんと体温が上がる。

「ああ、早いな、もう溶けだしてきた……」

「や、違うっ」

美月は咄嗟《とっさ》に顔を左右に振る。

「……俺の司書殿は本当にいやらしい。俺が舌で可愛がってやったらすぐにトロトロだ」

熱っぽい吐息が花びらに触れて、思わず収縮する。咄嗟に視線を上げると、イサックが美月の腰を抱くようにして、秘部に鼻先まで埋めている様子が見て取れた。わざとなのか、蜜口に舌を滑らせながら、鼻の先を感じやすい芽に擦りつけるようにする様子は、正視できないほど淫らだった。イサックの薄く開かれた瞳が陶酔で潤み、目元が赤く染まっている。普段の真面目な彼とは真逆の、女性の秘所をどん欲に貪る雄の姿に、壮絶な色香を感じてくらくらする。

「はぁっ……だめ、イサック。恥ずかしいっ」

淫らに蜜を零す場所を一番大好きな人の眼前で大きく広げられて、舌をねじ込まれ、舐めまわされている。羞恥心と感受性は高まり、動悸は激しくなっていく。制止する言葉を発しながらも、美月はより一層足を開き、イサックを深く蜜壺に誘い込むように喘ぎ声を上げていた。

「恥ずかしいほどよけいに感じるんだろう？　もっと乱れればいい。俺しか、美月のこんな姿は見られないからな」

羞恥心を煽るようにじゅるじゅると音を立てて蜜を啜りたてる。可動域を広げた舌が、既に勃ち上がって被膜から抜け出した芽を、思うさま蹂躙する。

「は、ダメっ……も、イ、っちゃうのぉ」

自分を貪る彼を見つめているうちに、視界はどんどん滲み、たまらず瞳を閉じた瞬間、美月はあっけなく最初の絶頂を迎える。ヒクヒクと身を震わせていると、イサックは自分自身に手を伸ばし、達したばかりの美月のそこに硬く屹立したそれを押しあてた。

「……挿《い》入れるぞ」

欲望を必死で抑え込んでいるような切羽詰まった声がして、許可を得ることもなくそれは美月の中に押し入ってくる。指で慣らしていない分、その大きさと熱が体に直接響く。

「あぁっ……、イサックの、熱くて……お、きぃ……」

まるで無理やり犯されているような彼の余裕のなさが、普段より激しく求められている気持ちにさせる。何度も抱かれて慣れた体だからこそ、そんな強引さにも痛みより先に快楽を感じていた。

「いきなり挿入《い》れられても、気持ちいいんだろう？　……美月の体は、すっかり俺になじんだな……」

最初の頃にはこんな風にいきなり彼の大きなものを受け入れることはできなかったのに、今は打ち込まれた楔にすんなりと美月の蕩けた襞が絡みつき、たまらないほどの快楽を自分とイサックに与えてしまうのだ。

「あぁ美月。……本当に、たまらない」

彼の声に薄目を開けると、快楽に溺れるイサックが恍惚とした表情を浮かべていた。彼をそうさせているのが自分だと思うと、さらに悦びが増す。

「はぁっ、そこ、気持ちいい、イサック、すごく、イイのぉ……」

擦られるところから愉悦が広がっていく。もっと深く欲しくて、彼の腰に自らの脚を絡め、彼の臀部に手を置いて、ぎゅっと抱き寄せる。

「ひぁんっ……ぁあ。もっと、奥まで、イッパイッ……」

「はっ……美月は奥を攻められるのが大好きだな」

深く突きたてられて、彼でないと突けない場所を、強弱をつけられて捏ね上げられる。そのたびに揺れる乳房に気づいたかのように彼が頂に貪りついた。

「きゃぅっ」

甘く歯を立てられて、咄嗟に甘い悲鳴が上がり、ぞわりと全身が欲に疼く。

「ああ、さわってもいないのに、もうこっちまですっかりできあがっているな」

熱が体中を暴れまわっている。汗にまみれた髪を掻き上げて、自分の胸に吸い付くイサックを見て、たまらなく彼が好きだ、と美月は思う。そっとその頬を撫でて、少しだけ身を起こして、彼の耳元に顔を寄せる。

「……好き。イサック、大好き」

蕩けるような甘い声で囁くと、彼はピクンと体を微かに跳ね上げて、一瞬快楽を堪えるような顔をした。不意打ちが成功して、美月はつい笑みが浮かんでしまう。瞬間、彼が不機嫌そうに眉を跳ね上げた。

「……いい覚悟だ。この期に及んで俺を煽るなら、このまま朝まで抱き潰してやる」

それだけ言うと、身を起こして美月の腰を抱えて、激しく自らを打ち付ける。容赦のない動きに美月は一気に愉悦の階段を駆け上がっていく。一度昇ればしばらくは下ろしてもらえないことを理解しながらも、理性を失って荒々しく自分を抱いているイサックの乱れる髪や、切羽詰まった速い呼吸に波打つ胸、美月を求めて淫らにうねる腰の動きに見惚れてしまう。

本能の命じるまま、美月を求める彼はまるで一匹の精悍な獣のようだ。彼と出会って初めて知った、誰かを心から愛おしいと思う気持ちに、美月もまた本能で彼を求め続ける。

「だって……イサックを愛しているから……イサックにだったら、全部食べ尽くされちゃってもいい」

思わずそんなことを言うと、イサックはきつく目を瞑り、美月を強く抱きしめた。

「だから、そんなに俺を煽るな。お前を……壊してしまう」

「煽ってなんて、な、あ、ぁぁ、深いっ」

深く刺さった痛いくらいの彼の熱に、思わず声が上がる。

「お前は、未来永劫俺だけのものだ。逃げるなら捕らえて、俺しか触れられない籠の中に閉じ込めてやる」

彼の物騒な言い方に、それでも快楽に緩んだ美月は笑みを返していた。

「それでもいい。貴方の腕の中が一番いいの……」

「それならどこにもいかず、一生俺に抱かれていたらいい」

答える代わりに彼に四肢を絡め縋りつくと、あとは苦しいほどの甘い悦楽の中に囲い込まれ、ただひたすら啼き、彼に溺れていくだけだ。

「はぁ、またっ……キちゃ……」

言葉にならない嬌声を上げながら、美月はイサックの作る甘い檻の中でひたすら乱れた。彼の腕で囲われた蜜獄のなかで、溶け堕ちるまで貪られ続けることに、たまらない悦びを覚える。そして肌寒い晩秋の夜は布団すら必要でないほど、熱く更けていった。

最近では珍しいほど激しく貪られた美月は、明け方、ふと喉の渇きに気づいて目を覚ます。

「あー、なんか声が出にくい気がする……」

わざと小さく声を上げてみると、本当に掠れて声が出にくい。散々啼かされたから当然か、と思いつつ、身を起こし、水差しの水をグラスに注ぐ。月明かりの下で、イサックの長い睫毛が頬に影を落としている。静かで穏やかな緑の香りと、この季節だけ漂うのであろう花の香りと共に水を飲み干すと、温かい彼の隣に潜り込み、夜が明けるまで、再び眠りにつこうと思った。だがその時。

「……美月、どこにも……行くな」

先ほどまで彼女が寝ていた場所に手を伸ばし、彼が切ない声を上げる。

「お前は、俺のモノだと言っただろう？」

何故、彼はここまで自分を求めてくれるのだろうか。美月はこの世界を選んでしまったことで、向こうの世界にいろいろなものを残してきてしまった。彼がいなくなってしまったらどう生きていけばいいのだろう、と思うこともある。だが、全てがそろった世界にいるはずの彼の方が、美月がいなくなったらどうなってしまうのだろうか、と思わせるような言動を取るのだ。

（それだけ彼が愛情深い人ってことなのかな……）

それとも、彼が言うように、『鍵』であるからこそ、自分に執着するのだろうか。では美月が『錠前』でなかったら……？

ふるり、と感じた寒気は、冬に向かっていくこの季節のせいだろうか。それとも自分が今ここにいるという偶然の重なり合いが、改めて不安定なものであることを感じたからだろうか。

「イサック、私はここにいるよ」

美月が手を伸ばし、イサックの髪を撫でると、安心したかのように、彼は再び深い眠りについたようだった。

「なんだか、すぐに眠れなさそう……」

自然と美月はベッドの脇に置いてあった魔導書に手を伸ばしていた。最初に開いたのは当然のことながら、ヴァレリーが入れた栞の入ったページだった。

※　　※　　※

「えええ、せっかく来たのに、美月ってば出掛けちゃうの?」

朝早くから訪ねてきたアルフェ王子に、今日はこれから王都に出かける予定だ、と言うと、彼は眉を下げて鼻を鳴らす。

あれからさらに季節は深まり、風はより一層冷たくなっている。冬になればイスヴァーンは雪に閉ざされる日も多くなるという。どこの住民も冬支度に追われる時期だ。

「ああ、秋の最後の市が立つからな」

そして最後の市は多くの人が集まって賑わうと聞いて、美月は久しぶりにイサックと一緒に街に出かけられることを楽しみにしていたのだ。

それに毎日食べている食事はミーシャが用意してくれているけれど。

「オレだって材料もなしに、食事の準備はできないしね。……まあ、調達しろって言われたらするけどさ、それって他のどこかから食べ物をくすねるってことになっちゃうし、それはさすがにまずいでしょ？」

　赤い目をキラキラと輝かせて、何だったらそれも面白そう、という顔をするミーシャをメッと叱るように睨むと、ミーシャは美月に近寄ってきて、甘えるように首元にするりと尻尾を巻きつける。美月はそっとミーシャの額を撫でると、目の前のアルフェのカップに紅茶を注ぎ足した。

「ってことで、今日は冬のための買い出しに行かないといけないの」

「なるほどね」

　美月の言葉にアルフェはメモを紙に書き始めた。

「確かに冬の準備は大事だよね。じゃあ僕のおすすめの店を書いておくね。買い物はそこでしたらいいよ。市場ってさ、店によっては粗悪品を高く売りつける観光客向けの店とかもあるからね。……あ、あと、美味しいお昼ごはんとデザートのお店も書いておくね。どうせイサックは女の子が喜ぶようなお店なんて、知らないんだろうから」

「……相変わらず食い意地の張った奴だ」

　呆れたように言うイサックに、アルフェはにっこりと笑みを返す。

「まあ、そうやって僕が聞きだしてくる情報は、いろいろな方面で役に立ったりもするんだけどね」

次の瞬間、アルフェはイサックに寄って行き、何事かを耳元で囁く。刹那《せつな》、イサックの表情が鋭くなった。

(どうしたんだろう……)

と美月が尋ねようとすると。

「僕の場合はさ、小さな頃は体が弱くて、いつもベッドで寝てばっかりで。……日常の楽しみって言ったら、美味しいものを食べることぐらいだったから」

明るく言うけれど、元気に遊び回る同じ年頃の男の子たちを、ベッドで横になりながら見つめている小さな頃のアルフェを想像したら、すごく胸が痛む。

「でも、今は元気になってよかった」

空気を変えるように美月が笑顔で言うと、アルフェも笑みを返す。

「そうだね。と言っても、十歳を超えても、何度も高熱を出したから、僕と結婚しても、その相手は子供が授からないかも、って医者には言われたけどね」

するっと重たいことを言われて、美月は咄嗟に言葉を失ってしまった。

「……わかった。この店だな。じゃあ美月、昼飯はアルフェの勧めた店に行くか?」

たぶん美月と同じことを思ったのだろう。イサックは何とも言えない顔をして、メモを受け取る。慌てて美月もこくこくと頷いた。

「うんうん、せっかくだから美味しい物、いっぱい御馳走になってくるといいよ、ね。美月」

　いつもの笑顔で美月に近づいてくると、ふわりと彼女の頬を撫でて、綺麗な琥珀色の瞳で覗き込む。

「……王都は治安がいいけれど、怪しげな店や裏道には入り込まないこと。市場の表の店か、僕のお勧めの店で買い物すること。わかった？」

　距離があまりに近くて、美月が目を見開くと、次の瞬間、イサックが美月の腰を抱いてアルフェから距離を取る。

「……メモはありがたく使わせてもらう。だがお前も王室の一員だ。あまり変なところに入り込むなよ」

　美月へのけん制と、あとは純粋に心配もしているのだろう。素直ではないイサックの言葉にアルフェは肩を竦めた。

「もちろん。そこらへんは僕が一番よくわかっているよ。じゃあ気をつけて行ってきてね。僕の方は昼からちょっと用事があるからさ。美月、またね」

　いつものように笑顔を振りまいて、アルフェは愛竜ルドルフに乗って一足先に帰ってしまった。そして結局、さきほどアルフェとイサックが何の話をしたのか知る機会を失ったまま、美月はイサックと共に、王都に出かけることになったのだった。

※　　※　　※

「ターリィ。またあとでな」

イサックが愛竜の首を撫でると、気持ちよさそうに緑色の瞳を細めた。

「いつもありがとう。また帰りはよろしくね。お昼過ぎには戻ってくるから、休んでおいてね」

美月の言葉にターリィはタイミングよく小さく鳴き声を上げ、大きな羽根を伸ばすとその場から羽ばたいていく。二人で並んでターリィを見送ると、美月はくるっと後ろを向いて、イサックを見上げた。そっと手を伸ばすと、自然と手を繋いでくれる。思わず笑みがこぼれてしまった。

「さて司書殿。まずは何から見るんだ？」

二人の間で繋がれた手が揺れると、それを合図に二人は歩き始めた。冬が近づき始めた街で行き交う人たちは、みんな暖かそうな上着を羽織っている。美月もイサックも、竜で移動してきたので、防寒は万全だ。だから少し冷たい風も、繋がれた手の温かさも全部が心地良い。

「まずは市場を見に行きましょう。それで必要なものを買ったら、何か美味しいものを食べに連れて行ってください」

「じゃあ、せっかくアルフェが教えてくれたんだ。市場のおすすめの店に行ってみるか」

※　　※　　※

「美月、俺から離れるなよ」

繫がれた手を引かれ、美月は彼に寄り添うようにして歩く。秋の最後の市は、冬支度を整えようという人たちの波でごった返していた。美月はアルフェに教えてもらった肉屋の前で、大きな塊の肉をいくつも注文する。

「……ミーシャから言われたのはこのくらいかな。じゃあ王立魔法図書館に送ってください」

今までひと冬用、なんて単位で食料品を買ったことはない。とてもではないけれど、人が持ち歩ける量ではなかった。ただ高級品を大量に買ったので、肉屋から直接荷物を図書館に送ってくれるらしい。

「支払いはこれで」

イサックが金貨で支払うと、肉屋の気の良いおじさんは、目尻に皺を寄せて嬉しそうに笑った。

「さすが王立魔法図書館ですな。こんなに大量に、即金で買い上げていただいて、これで私どもも安心して冬支度ができます」

値切ることもなく定価通りでイサックが買い上げると、上機嫌な店主は、いろいろとおまけをしてくれた上に、その場で食べられるようにと、大きな肉から外側を削り取った串を渡してくれた。ちょうどシュラスコのような感じだ。

「いいんですか、すごくおいしそう」

店先で焼かれている肉の塊が気になっていた美月は、素直に渡された串を受け取る。脂が火に入って上がる香ばしい匂いに、先ほどからずっと食欲を刺激されていたのだ。二人してその大きな串を口にして、表面に焼き色のついた肉にかぶりつく。シンプルに塩で味付けられた肉は、口に入れるとじゅわっと肉汁が広がり、脂の甘みを舌で感じる。豚に似た食肉として人気のある家畜の、脂がよく乗った部位らしい。少し行儀は悪いけれど、こうやってする買い食いも市場の楽しみなのだとイサックは笑う。

「で、次は野菜か?」

目的の店は決まっていても、途中フラフラと店を冷やかす。

「あ、このジャムって……」

「ああ、クラッカだな。この時期にはもう生の実はないが、ジャムは冬の大事な保存食の一つだからな」

通りかかった店先には、イサックの妹の好物で、ブルーベリーのような味のするクラッカのジャムが売られていた。冬になると生の果物が食べられなくなるイスヴァーンでは、季節の果物を煮てジャムにすることが多いのだという。そして仕事が落ち着いている冬は、暖房で温かくした部屋の中で、ジャムを使ったお菓子と、お茶をのんびりと楽しむのだとイサックが教えてくれた。

「ミーシャもジャムを買ってくるように、ってメモに書いてますね。うわあ。どれも美味しそう」

色とりどりの果実のジャムが詰まった瓶は、秋の少し長い日差しにキラキラ輝いていて、宝石箱みたいだ。わくわくしながら美月が見ていると、良い客と思われたのか、奥からさらに様々なジャムを店先に並べて、おばあさんが一生懸命売り込んでくる。

「味をみてみるかい？　うちのジャムは市場の中でも評判がいいから、もう品薄だけどね。早く店じまいしちまいたいから、まとめて買ってくれたら安くするよ」

などと言いながら、いろいろなジャムを試食させてくれる。

赤みの強いジャムはオレンジっぽい味がする。ほんのり漂う苦味はまさしくマーマレードみたいだ。クラッカはブルーベリーっぽくて、何にでも合いそう。ではストロベリーっぽいジャムはあるのか、と思ったら、黄色の淡い色のジャムが、イチゴ味に近かった。イチゴジャムが好きな美月は、それも買ってもらうようにイサックに頼む。

「じゃあ、ランサムと、クラッカのジャムは大瓶で三つ。ノーランジュのジャムは、残りが少なそうだな。ならあるだけ全部もらって行こう」

ふわりと髪を撫でられて視線を上げると、イサックはノーランジュのジャムを指す。

「美月はあのジャムが気に入ったんだろう？」

甘やかすように耳元で尋ねられて、思わずニコニコしながら頷いてしまう。

「よくわかりましたね」

「お前の顔を見ていたらすぐわかる。あれの味見をした瞬間、すごく嬉しそうな顔をしていたからな」

優しい暁色の視線に見下ろされて、そんな風にちゃんと見てくれていることが嬉しくて、思わず頬が緩んでしまった。

「あらまあ。あんたたち本当に仲のいい夫婦だねえ……」

「いや、あの……」

ジャムの店のおばあさんに揶揄われて、美月は照れながらも、ジャムの送り先を王立魔法図書館にしてくれ、と告げる。

「魔法図書館。……じゃああんたが例の異世界から来た『錠前』かい。なるほどね。そりゃ『鍵』の旦那様にしたら、わざわざ異世界から嫁に来てくれた奥様が可愛くて仕方ないんだろうねえ」

だから結婚はしてないのだけど、と思いつつ、自分たちを見つめる温かい目に大きく頷き返す。

「はい、すごく……大事にしてもらっているんですよ」

ジャムだって一番気に入ったものを買い占めてくれるくらい。と、惚気てみると、何故かイサックが微かに耳を赤くして、美月の手を引く。

「さて、次の店に行くぞ。市が立っているのは午前中だけだからな」

そんな彼の姿に胸がじわりと熱くなる。二人で街を歩くのは本当に幸せで、久しぶりの町歩きをデート気分で楽しんで、次の店に向かった。

※　※　※

「あー美味しかった」

アルフェおすすめの食事処で、最後に出てきたのは、ふわふわとしたパンケーキと、季節の果実が盛り合されたものだ。葡萄のような果物は、秋の最後に食べられる生の果実らしい。それに木の実とクリームがたっぷり載っている。食事でお腹がいっぱいになっていたのに、甘さと酸っぱさと木の実の香ばしさに手が止まらず、気づけばデートまで全部食べ切ってしまった。

「どうしよう。私、お腹いっぱいで歩けないかも？」

冗談めかして言うと、イサックがふっと目を細めて笑みを浮かべる。

「そうか、じゃあ本屋には寄らずに帰るか？」

その言葉に美月は慌てて首を横に振る。冬の間、雪で図書館に閉じ込められる生活になると聞いている。だったら図書館にある魔導関係以外の本も読みたい。

「……少し動かないと、ターリィが重たがるかもしれませんよ。本屋さんには行きます。絶対に！」

咄嗟にそう言い返すと、彼はくっと声を上げて笑い、クシャリと美月の髪を撫でた。

「じゃあ予定通り、本屋に寄ってから帰ることにするか」

そう言うと二人は店を出て、表通りを歩いて街で一番大きな本屋に向かう。

本屋は下町にはなく、治安の良い高級なエリアにある。先ほどまで市場を歩くときに緊張していたイサックが少しだけ力を抜いたのがわかる。それもこれも、美月を心配してくれているからだ。

国一番の品ぞろえを誇る馴染みの本屋は、美月にとって、王都で一番お気に入りの場所でもある。一冊二冊本を手に取って読み始めると、すぐに本に夢中になってしまった。

・　　※　　※　　※

本を読み始めた美月を見て、イサックは小さく吐息をついた。司書という仕事柄なのだろう、普段から本に囲まれた生活をしているくせに、本屋に行ったらまた本を読み始めるのだ。しばらくここから動かないだろうと判断し、視界に彼女を入れながらも、彼はぼうっと考え事をし始めていた。

先ほど唐突に『自分には子供ができない』と変な話をして誤魔化していたが、その前にアルフェから伝えられた言葉を思い出す。

『ヴァレリーからの伝言。教会の一部が怪しい動きをしているらしい。例の騒動のあと、教会の急進派はかなり解体されたけど、わずかに残った一部が先鋭化しているっぽくてさ。もちろん一般の国民は王立魔法図書館に対して特に思い入れはない。ただ教会が図書館を原因にしたトラブルのせいで解体の危機に陥っているって噂は、一般の人たちの中でも話題になっていて心配している信者は多いらしい。それに王立魔法図書館の持つ利益を王族が独占している、という噂が商人達を中心に流れている。こっちの噂の出元は魔導士ギルドも関わっているようだってヴァレリーが』

アルフェの話はそれだけではなかった。

『だから司書で『錠前』である美月の身柄に関しては十分に注意を払ってほしいって。未だに彼女を捕らえてしまえば自分たちの望むようにことを運べる、って思っている手合いが一定数いるようだからね』

本当は今日、市場に連れて来るべきではなかったのかもしれない。それでも美月が楽しみにしていたから、彼女を喜ばせたいとイサックは思ったのだ。

そもそも美月は人の好意を受けることに疑心を持たない。ヴァレリー上級魔導士や、アルフェ王子が美月に執心しているのにはなんとなく気づいているのだろうが、警戒心はまったくない。そしてイサックも二人が美月に悪意のある行動をとらないことをわかっており、そしてこの国に美月の知り合いが少ないことを知っているから、彼らとの交流を断つことはできないのだ。

だが彼女が自分一人だけを愛してくれていることを実感していても、それでも不安になる時はある。儀式という形でも一度は身を任せた相手だから、いつか最愛の恋人を彼らに奪われてしまうのではないか。その怯えが少しでも彼女に好かれたい、と必死の行動をさせてしまう。

（そんなわけ、ないのはわかっている。だが美月に対しては……理性が働かない）

通常の恋情とは違うそれは、『鍵』としての執着なのだろう。であれば、本来は鍵ではなかったアルフェはともかくとして、ヴァレリーやエルラーン司祭は未だに美月のことを諦めきれてないに違いない。ぐるぐると回る思考と悋気を振り払うように、本棚に目を落とし、並ぶ文字列を読みながら、冷静さを自分に取り戻すように言い聞かせる。

「ねえ、お姉さん、あれ取って」

その時子供の声が聞こえて、イサックは改めて美月の方に意識を向ける。どうやら高い棚に置かれている綺麗な装丁の絵本を見たいと、小さな女の子が彼女に声を掛けたようだった。

すると美月も笑みを返し、高い棚にある本を取ってやる。そのましゃがみこんで幼女と一緒に本を覗き込んでいる。その様子を見て、イサックは何年後か先の美月の姿を想像し微笑ましく思う。

将来美月を妻として娶り、一生傍にいられるようにしたい。そうなれば美月が自分の子供を産み、あんな風に世話をすることもあるかもしれない。早く……そうなればいいのに。

その思いはずっと自分の胸の内側にある。その頃になれば、司書の仕事はともかくとして、『錠前』としての責務からは離れ、元『鍵』候補の執心からも逃れ、彼女を独り占めできるだろうか。

（我ながら……執愛が過ぎるな）

美月の心を手に入れることができた自分は単に運に恵まれていただけだ。一つボタンを掛け違っていれば、美月は他の男を『鍵』に指名して、自分は他の男に求められる美月を、恋々と見つめているほかなかったのかもしれない。一度はそれを覚悟していたが、今となってみればそんな状況に耐えられたかどうかわからない……。

小さくため息をついた途端、美月が女の子の手を引いて、こちらに近づいて来る。

「イサック、ごめんなさい。この子、親に本屋で待っているようにって言われていたらしいんだけど……」

耳元に唇を寄せて、こっそりと続きを告げる。

「どうしてもトイレに行きたくなっちゃったんですって。でも一人で行かせるの心配だから、私、付き添ってくる」

もじもじと内またになりながら、顔を赤くしている幼女を見ていると、あまり猶予がなさそうだ。頷かざるを得ない。

「わかった。手洗いの前まで一緒に行くから、中には美月が付き合ってやってくれ……」

そう言うと、イサックは小さな女の子を抱き上げる。慌てて店の人間に断って、店の裏手にある手洗い場を目指した。

「じゃ、行ってくるね。少しだけ待ってて」

——女性向けの手洗い場に入る前にかわした言葉を最後に、美月はそのまま姿をくらました。

そしてあれだけ注意喚起されていたのにも関わらず、彼女を自らの腕の中から失ったことを、イサックはそのあと、酷く後悔することになったのだった。

第二章　王立魔法図書館を巡る陰謀

「ヴァレリー上級魔導士殿、お久しぶりです」

まだうら若く見える男に挨拶されたヴァレリーは、彼にしては珍しく丁重に、深く頭を下げた。

「モーティス上級魔導士殿。こちらこそお久しぶりです。王都にはいつ？」

「ええ、今月に入ってから。研究発表があるのでね」

まだ青年の域に入ったばかりのような見た目とは違い、モーティス上級魔導師は既にギルドに三十年以上所属している。実際の年齢はヴァレリーよりかなり上のはずだ。

「相変わらず若々しくてお元気そうですね。モーティス殿の研究といえば、例の一族に関するものですか？」

ヴァレリーが自然と丁寧な言葉遣いになる相手は貴重だ。モーティスの研究はそれだけ価値のあるものだと彼は考えている。

ちなみに一度上級魔導士になったからと言って、一生安泰とは言えない。五年に一度は研究発表をして魔導士ギルドに成果を見せなければならないからだ。特にヴァレリーは三十代での大魔導士入りを果たすかもしれない逸材ということで、やっかみを含めて、研究成果には常に興味を持たれている。

「まあそういう血統ですから。研究に関しても、私にはそれしかないので。ヴァレリー殿は今、王立魔法図書館の書庫に収められている貴重な魔導書の研究をされているとか」

「ええ、王立魔法図書館には面白い資料が多いですから」

そう言葉を返しながら、ふと、この間美月に見せられた魔導書のことを思い出す。ちらりと見ただけだったが、あれもなかなか興味深い内容だった。

王立魔法図書館の司書でもある『錠前』は、王族、教会、魔導士ギルドから選ばれた三人の『鍵』候補の中から一人、自分の『鍵』を選び、その男性と共に、書庫の管理をする。ただその制度は人間の感情をベースとしているため、不安定で脆弱な仕組みとなっている。もっと安定的で効率の良い方法を図書館は選ぶべきだった、と彼は常々考えていた。それにはどうするのが最も効率的なのか、考察することも興味深い。

交代時期が来れば、図書館が新しい『錠前』を召喚することになっている。場合によっては美月のように異世界から無理やり連れてこられることもある。そして『錠前』に惹かれる『鍵』候補たちをあてがい、その中から唯一を決めさせるのだ。だが考え方や、想いの向きが変化することもあるから、その関係も永遠のものとなるとは限らない。

もし『錠前』と『鍵』の関係が破たんした場合、『錠前』は図書館の管理遂行ができないことを理由に、図書館との契約を解消する。だが『錠前』からの希望があれば、元候補者たちから改めてパートナー選びをする余地も残されている。また不慮の事故や病気で、予想外に早く『鍵』が亡くなった場合や、様々な事情で継続できなくなった場合も同様だ。

いずれにせよ選ぶのはいつでも『錠前』だ。『鍵』はこの関係においては常に従属的であり、『錠前』を唯一の存在として求める者だ。だがあの本には、『錠前』側から『鍵』への愛を誓うための儀式もいくつか書かれていた。

もちろん誰かから強要されてするようなものではないが、『鍵』の『錠前』に対する執着は思った以上に強い。元『鍵』候補だった自分も、未だに美月への想いに身の内を焦がす瞬間があるのだ。魔導士として感情に支配されないように日々鍛錬を積んでいる自分ですらそうであるのだから、『鍵』として『錠前』を手に入れたイサックは、自分以上の強い執着に苦しんでいるのかもしれない。

だからヴァレリーはひそかに栞《しおり》を挟んで返した本を、美月がどう扱うのかが楽しみなのだ。結局、恋情より好奇心が勝つ。そんな自分についい苦笑が漏れた。

「私はこのところ王都から離れていたのであまり詳しくはないのですが、王立魔法図書館に関しては、いろいろ噂が流れていますね。商業ギルドの人間から魔導薬の取引の時に、いろいろと聞きましたよ。『鍵』も二代にわたって王の一族の者がなり、魔法図書館の利益を独占していると、不満を漏らしている者もいるとか」

「魔導に長けている私どもですら、あの図書館の魔導書の扱いは慎重にならざるを得ないのに、教会や商業ギルドがどう扱えるというのでしょうか。……元々『王立』魔法図書館です。王の持ち物の管理は、王に任せておいたらいい。私達は図書館の維持に協力し、利用できたら十分です。研究をまとめて魔導書にすれば、国王が買い上げてくれますしね」

ヴァレリーの言葉に、モーティスは同意するように笑みを浮かべた。

「確かにそうですね。とかく商人は、自分が損をしないようにと常に疑っているのが仕事の一つですからね。それはそうと、私も今回の研究発表が終われば、一度王立魔法図書館に伺いたいと思っています。いろいろ調べたいこともあるので」

にっこりと笑った表情に邪気はない。

「その時には、声をかけてください。よろしければ同行して案内させていただきますよ。またモーティス殿の研究内容についてもお話を伺えたら……」

ヴァレリーの言葉に、モーティスは笑顔を返す。

「ええ、ぜひともお願いします」

挨拶をして立ち去るモーティスの背中を見ながら、ヴァレリーは思案する。不穏な動きをする教会組織に、直接、図書館とかかわりのないはずの商業ギルド。魔導士ギルドが魔法図書館に敵対する理由はないが、外からそう見えるように工作されている可能性もある。

（やはり『錠前』と『鍵』を巡って、問題が起きそうな予感がするな……）

忙しい研究の合間を縫って、近いうちに王立魔法図書館へ様子を見に行こうとヴァレリーは考えていたのだった。

※

※

※

緩やかに意識が戻ってくる。

ハッと目を上げた途端飛び込んできたのは、目を開けたはずなのにただ暗い漆黒の闇。

「……ここ、どこ？」

慌てて辺りを見渡すが、光一つ届かないために、時間も場所もわからない。次の瞬間、ゆっくりと扉が開くと、灯りと共に何かが入ってきた。

聞こえてきたのは、可愛らしい子供の声。

「司祭様、さっきの人が目を覚ましました」

その声は、ここに来る前に聞いていた女の子の声だった。

ゆっくりと記憶が脳内によみがえる。そうだ、さっきの女の子をお手洗いに連れて行ったら、ハンカチを見せられて、何か文字が書いてあると思って覗き込んだ瞬間……。

「ようやく目が覚めましたか……」

今度は扉近くに、成人男性らしき人のシルエットが浮かび上がる。だがそのことよりも、久しぶりに聞いた声に美月は一瞬で背筋が凍りついた。

いやな予感は目の前の現実として美月を見下ろしていた。咄嗟にベッドから起き上がり、床の上に立つと、慌てて服装を整える。くらくらと眩暈《めまい》が起きたが、気合でふらつかないように体を支える。

「……お姉さん、ごめんね。ライラ、エルラーン司祭様に頼まれたら、絶対にイヤって言えないんだ」

五歳ぐらいにしか見えなかった女の子、ライラの笑みは幼いながらもどこか妖艶で、年相応には見えなかった。

「あなた……一体」

だが呟いた美月の言葉は、目の前の美麗な司祭に遮られた。

「のちほどコンスタンチノ大司教様がこちらにいらっしゃいます」

「大司教、様？」

「ええ、イスヴァーン王国の教会は、総大司教様を頂点として、大司教様が五人いらっしゃいます。その中でも一番教会の改革を望まれている方がコンスタンチノ大司教様です」

「……それは、どういう意味ですか？」

美月が尋ねると、エルラーンは胸元の飾りに手を伸ばし、目を伏せる。

「わかりやすく言えば、コンスタンチノ大司教様は、魔法図書館の禁断の魔導書を、王が私物化するのではなく、教会のため、ひいては広く人々のために使用できるようにしたい、とお考えなのです」

つまり、この間のシェラハン司教と同じように考えているのか、と美月は表情の読めないエルラーンを睨みながら思う。

「だったら。エルラーン司祭は、そのコンスタンチノ大司教、という人の側の陣営にいて、それで私を攫《さら》った、ということですか」

その言葉に彼は小さく顔を左右に振る。

「……いえ。私はコンスタンチノ大司教の手の者というわけではありません」

「でも、私を攫った実行犯は貴方ですよね」

「……私は一切、貴女の拉致には関与していませんよ。もちろんこのライラもです。コンスタンチノ大司教は、貴女の身柄を拘束することを望んでいましたが、その方法については興味がないのです。善意の誰かが、大司教の望んでいる状況を整え、連絡を取っただけ、ですから。可愛いライラが教会側の口封じで殺されてもいいと思わないのであれば、よけいなことは言わない方がよろしいでしょう」

目元を柔らかく細めた男の考えは読めない。その横には悲しそうな顔をしたライラがこちらを見上げている。騙されたのかもしれないけれど、さすがにこんな小さな子が口封じをされてしまうのは看過できない、と美月は思う。

思わず口ごもってしまった彼女の頬をエルラーンがゆるりと撫でる。咄嗟に距離を置こうとした刹那、ベッドの縁へと一歩踏み込んできた彼の脚の間に追い込まれた美月は、ベッドの上に座り込んでしまった。ハッと顔を上げた彼女の唇にエルラーンの指先が触れる。

「ようやく、貴女を手に入れた。私はずっと美月が欲しかったのですよ。……そしてめちゃくちゃにしてしまいたかった」

間近で見下ろす表情は冷淡なのに、瞳だけは妙に熱を帯びている。ゾワリと背筋を恐怖が駆け上っていく。咄嗟に視線を逸らすと、つぅっと長い綺麗な指が美月の唇を撫で、離れる瞬間に爪を立てた。

「なんで、そんなこと……」

突き刺さるような痛みに小さな声が漏れる。ふっと彼が笑む気配を感じて、美月は再び視線を上げてしまった。

「もちろん、そうすることを神がお望みならば、ですが。……すべてはコンスタンチノ大司教様がお決めになることでしょう」

何も言えないままの美月の目の前で、エルラーン司祭は、胸元で印を切る。

「美月に神の加護と御恵みを。……のちほど、またお会いできることを祈っています」

それだけ言うと、彼はライラを連れて部屋を出ていく。ガチャリと鍵のかかる音がして、室内はまた真っ暗な空間に戻った。

「……こんなに暗かったら、何も見えないよね」

先ほどのエルラーンとの邂逅《かいこう》から、鼓動は不安な高鳴りを続けている。何回か深呼吸をしてから、美月はようやくそのことに気づいた。

灯りのなくなった部屋は、最初目を覚ました時より余計闇が濃く思えた。美月は口の中で小さく術式を唱える。ふわり、と手のひらに灯りがともって、ほっと息を吐きだした。

室内をぐるっと見渡すと、六畳ぐらいの比較的小さな部屋に、今美月が使っていたベッ

ドと机が置かれている。飾りもなく簡素な部屋だ。どうやら監禁をするための部屋なのか、衝立があってそこにトイレらしきものがあったのにはつい笑いが出てしまった。

「ここ、どこだろう。それに今何時なんだろう？」

それに……どれだけイサックは攫われた自分のことを心配しているだろうか。そう思い至った瞬間、ぎゅっと胸が締めつけられた。なんとか彼と図書館に連絡が取れないかと、手段をいろいろ考えてみるものの、今の美月に使える手立ては思いつかない。手紙でも、と思ったが、机の上にも引き出しにも筆記用具はおろか、物一つない。窓は開かないし、雨戸のようなものが打ち付けられており、外の景色も光も一切見えない。先ほど彼らが出て行った扉のノブを回してみても、鍵が掛かっているらしく開けることができなかった。

「……完全に、閉じ込められちゃっている感じ」

はぁっとため息をついて、ベッドの縁に腰を掛ける。エルラーンとの会話を思い出す。もうしばらくすれば、コンスタンチノ、という大司教が来るらしい。その時に自分を攫った目的を言うのだろうか。

（たぶん、図書館の『鍵』の件だよね……）

『錠前』を替えることが目的なら、自分を殺害してしまえばいい。それをわざわざ攫ってきたということは、少なくとも今すぐ、とは思っていないのだろう。だとすれば、『鍵』を変更する儀式をしたいのか。この間読んだ本の内容を思い出す。

（『鍵』に何かがあれば、『鍵』を替えることができる、って。イサックに何かあったって

……そんなこと、ないよね）

少なくとも自分は騒ぎたてることなく攫われている。イサックにわざわざ何かを仕掛けることはないだろう。気持ちを落ち着かせるために深呼吸をする。不安が胸をざわざわと揺らす。どんなことでもいい、その大司教と話をして事情を知りたい。

そう思った美月の気持ちが通じたのか、扉の向こうで誰かがぼそぼそと会話する声がした。美月は慌てて灯りを消す。

次いでガチャリと鍵の音がして、扉がゆっくりと開いた。

「……ずいぶんと暗い部屋だな」

横柄な男の声が聞こえて、明るい光を掲げた男と、その後ろから恰幅の良い高価そうな神官の衣装を身に着けた男が入ってくる。この男がエルラーンの言っていた大司教だろうか。

「灯りはこのくらいの明るさでよろしかったでしょうか」

室内に灯りをいくつか灯すと、最初に入ってきた男は、恰幅の良い男の隣に控える。腰かけていたベッドから起ち上がり、美月は目の前の男を静かに見つめた。すると男は美月を頭のてっぺんから足のつま先までじっくり眺めたあと、妙に下卑た笑みを浮かべる。

「お前が今の王立魔法図書館の『錠前』か」

尋ねられて、美月は声を出さずに小さく頷き、一つ息を吐き出す。それからゆっくりと尋ね返した。

「貴方は誰ですか。なんで私を攫ったんですか?」

「『錠前』殿。魔法図書館に収められている魔導書は、広く民のために使われるべきだと思わないか?」

男は自分の名も立場に関しても答えなかった。だが、その態度から教会の幹部であることは伝わってくる。

「……何が言いたいかよくわかりませんが、あの図書館は『王立』魔法図書館、です。つまり持ち主はイスヴァーン王国であり、統治しているイスヴァーン王ということになります。それに図書館は一般に開放されていますし、書庫の魔導書も国民のために広く使われていますよね……」

美月の言葉に男は薄笑いを浮かべて首を左右に振る。

「国民のために使うと言いながら、自分たちの都合の良いことにだけ使っているのは国王だ。そして図書館を守っているのは図書館の騎士でザナル王の甥にあたるマルーン公爵令息のイサック殿。そして『鍵』も彼だ。私は王族が図書館を私物化している現状を、是正すべきだと思っている」

「是正するって……何をするつもりですか?」

「簡単なことだ。『鍵』を替えればよい。王族以外の『鍵』に……」

ふっと瞳を細めて男は笑い、美月の前に人差し指と中指を立てて見せた。

「『鍵』を替えるには手段が二つ。『鍵』自体を替えるか、『錠前』を替えるか……」

にたり、と男は気色の悪い笑みを浮かべた。

「『錠前』を替えるには、貴女がこの世界からいなくなればいい」

「つまり私を殺す、ということですか？」

凛として言い放つつもりが、声は掠れて不安げに揺れてしまった。そんな自分の弱さに美月は臍《ほぞ》を噛むような思いをする。

「……それが嫌なら、『鍵』を替える、という方法も」

美月の問いには直接答えず、男は話を続ける。

「『鍵』を替えるにも二つの手段がある。『鍵』が機能しなくなるか、『錠前』が『鍵』を替えることを求めるか」

男は顎の下に手を置いて、何かを思案するようなポーズを取り、黙り込んでしまう。

「『錠前』が『鍵』を替えることを求めるって……どうやって？」

その沈黙に耐え切れず、美月が尋ねると男は再びうすら寒くなる笑顔を見せた。

「図書館に申し出ればいい。『錠前』が『鍵』を新しいものに替えたいと。例の図書館は『錠前』の絶頂度で開く階層が変わるのだから、その組み合わせで『錠前』が達せなくなったら……？　『鍵』は役割を担えないことになる」

下卑たニヤニヤ笑いが深まり、男の視線が自分の体を這うだけで虫唾が走る。

「だったら『鍵』が不能だと主張すればいい。『鍵』を実質的に機能しなくされるよりは寝覚めが良いのではないか？　それに自分自身がこの世から姿を消すよりももっと……。

まあ性的に不能な『鍵』と世間に認識されることは、騎士殿にとっては不名誉なことではあるが」

　機嫌よさそうに笑っているのを見て、美月は目の前の男が、イサックを含めた王家に繋がる人間に対して、悪感情を持っていることに改めて気づいた。

「イサックは今、どうしているんですか。無事なんですよね！」

　不安な気持ちが限界に達してつい尋ねてしまった。思った以上に声が大きくなってしまい、男はわざとらしく耳を手でふさぐ。

「『錠前』殿。そんなに大きな声を出さなくても聞こえる。ええ、イサック殿は無事です。今のところは、ね……。ただ、美月殿が結論を出すまで時間がかかると、私共はともかくとして、結果を早急に求めたがる愚かな者も多い、手っ取り早く、今手に入っている『錠前』を消してしまえばいい、と考える者も出てくるかもしれぬ」

　そう告げると、男は慇懃《いんぎん》に礼をする。

「それでは美月殿。明日また再びこちらにお伺いします。それまでに結論を出していただくのが一番いいかもしれませんね。では、ごゆっくり……」

　最後だけ丁寧な口調に変えて、男は部屋を出ていく。そして辺りはまた真っ暗になった。

（なんか……真っ暗な中に私を残すのって、精神的に追い詰めたいのかな……）

　もし魔導が使えなかったら相当不安だっただろうと、教えてくれた魔導士と王子に感謝しながら、再び灯りをともした。明るくなった部屋のなかで、美月は思案に耽る。

あの男は、美月自身を殺すか、イサックを殺すか、イサックが不能だと表明して不名誉な形で『鍵』を替えるか。三つの選択肢から一つを選ぶように言った。そして実質、美月が選べるのは三つめだろうと、示唆していた。

だからと言って、男の言われた通りにする気はない。まずは時間稼ぎをしなければ。イサック達も美月を奪われたまま大人しくはしていないだろう。それにどんな形であれ、『錠前』として図書館に申し出をするときには、公の場に出ることになる。もしそれを図書館で行うのなら、その時が最大のチャンスだ。

まあ向こう側もそんなことは考慮しているだろう。美月だって、もし図書館に自分を返すのであれば、そのタイミングでイサックを拘束して、その命と引き換えに交渉するなどの方法を使うと思う。

「でもイサックが傷つけられるのは……絶対に嫌だ」

小さく言葉が零れる。それならばいっそ、自分が犠牲になる方がいい。そう思ってもイサックが今ここにいないことが不安で悲しい。

「イサック……私、どうしたらいいの？」

彼以外の『鍵』……恋人なんていらない。他の人に触れられるくらいなら、いっそ……。

ふとこの間の朝、イサックと誓った言葉を思い出す。あの魔導を使えば、自分は『錠前』ではなくなるのだ。彼らが望む通り新しい『錠前』に替えることができる。

首を振って冷静になるように自分に言い聞かせる。せめて日の光が欲しい。見えるのが星でも月でもいいけれど、外界に繋がっている窓が欲しい。

まだ目が覚めて、たいして時間も経ってないのに、もう気持ちが弱っている。

今イサックはどうしているのだろうか。

「イサックに……会いたい」

そう言葉にした瞬間に、美月の涙腺が緩み、涙が零れそうになった。

——その時、扉の足元についていた小さな窓が開く。

「……？」

次の瞬間、言葉もなく食事らしいものと、灯りが差し入れられて、再びぱたんと小窓が閉まった。もし暗闇にいたら、食事と灯りは本当にありがたいものだと思わされたかもしれない。こうやって人の心を懐柔していこうというのか……。

美月はその食事を横目で見ながらも、緊張とストレスで限界になっていた体をベッドに横たえると、食事もとらず、目を瞑ったのだった。

※　　※　　※

「……美月、どうした？」

そこは美月とイサックの二人の寝室だ。監禁された部屋の中で、美月は安らぎを求めるように夢を見ていた。

そして夢の中の美月はベッドから起き上がって本を開いていた。声を掛けられて、まさかイサックが起きていると思わずに、ハッと後ろを振り向くと、彼はベッドから起き上がり、美月の持っていた本を取り上げる。

「『錠前』が行える魔術一覧？」

それは、書庫で美月が持ってきた『王立魔法図書館の『錠前』制度と秘術について』の中の一ページだ。イサックがそれを見ながら暁色の瞳を胡乱《うろん》げに細める。

「……何をしたんだ？」

不安そうな声に、美月は小さく吐息をつく。

「あの……まだ何もしてないです。この術式を見ていただけで」

指さした先にあったのは、『錠前』が自ら選んだ『鍵』に自分の決意を誓う魔術だ。これらは魔導書がなくても、呪文を覚えてさえいれば、『錠前』ならいつでも使える術式らしい。

「『鍵』以外の異性を受け入れれば、誓いを行った者は『錠前』としての価値を失う魔導だと？　どういうことだ？」

イサックは美月の指さした文字を読み上げると、どう判断していいのかわからない、というような戸惑った表情をした。

「さあ。どうなるのかは、読んでもよくわからないんです。でもいろいろな『鍵』と『錠前』の話を読んで、私も儀式でいろいろあったから、イサックは嫌な思いをしたんじゃないかなって思って……」

具体的なことは言わずに、自分の想いを何とか伝えようと、美月はゆっくりと言葉を続けた。

「だから私はこれからずっと、イサックだけだって。そう誓えたらいいなって思って」

「……お前はっ」

次の瞬間、彼の腕の中にきつく抱きしめられていた。ふわりと漂うのは、森の香り。美月が大好きな彼の香りだ。

「……だからって、どんなリスクがあるかわからない術式を使おうとしたのか？」

「だって……イサックがそれで少しでも安心できるなら、それもいいかなって」

そっと頬を撫でて、戸惑っている彼になんでもないことのように言う。

「私はイサック以外の男性はもう必要ないから。いろいろな『錠前』の人がいたことは、言い伝えを読んでわかったけれど、私はイサックだけずっと見ていたい。だから……」

とつとつと自分の想いを彼に伝えると、彼は一瞬気遣うように眉根を寄せてから、長い嘆息を吐き出し、美月を抱き寄せた。

「まだ、その術式は唱えてないんだな」

彼の言葉に美月は小さく頷く。

「お前の気持ちはわかった。俺も同じ気持ちだ。……だから術式は唱えなくていい。お互

いの気持ちの中だけで誓い合えればそれで十分だ」

しばらくぎゅっと美月を抱きしめていた彼が、耳元で囁く。

「……私のこと、信じて……くれるんですか」

くすりと笑った美月の頬をそっとイサックが撫でる。

「最初から信じている。だから俺もお前に誓おう。これまでも、これからも、俺にはお前だけだ――と」

「私も誓います。今も、これからもずっと……私にはイサックだけだって……」

そして夜明け前の暗い二人きりのベッドの上で、イサックは真摯な表情を浮かべ、美月に誓いのキスをしてくれたのだった。

※　※　※

「あの、美月さん？」

ペチペチと顔を叩かれて、美月はゆっくりと目を開けた。さっきまでイサックの腕の中にいたと思ったのに、代わりに目の前にいるのは小さな女の子……ああ、この子、ライラと言っただろうか。美月は幸せな夢からゆっくりと覚醒していく。

どうやらこの間の明け方のことを、夢に見ていたらしい。

一瞬いろいろな記憶が錯綜して、現実を忘れそうになった。

どうやら今後を考えているうちに、攫われた時の魔導がまだ抜けきってなかったのか、夢を見るほどぐっすり眠ってしまっていたようだ。

「……ライラ？」

声を掛けると、彼女は大きな瞳をさらに見開いた。

「私の名前、憶えていたの？」

「もちろん、私を攫った人の名前ぐらいちゃんと覚えているよ」

美月の少し皮肉まじりの答えに彼女は小さく肩を竦めた。

「昨日はごめんなさい。だけど、あんまり時間がないの。このままここにいたら、貴女はコンスタンチノ大司教様に殺されちゃうかもしれないんですって」

彼女の言葉に美月は目を見開く。

「エルラーン司祭様の話だと、いろいろ事情が変わって、美月さんを攫った時より、もっとややこしいことになっているって。だから貴女を内緒で移動させたいの」

それだけ言うと、ライラは胸に掛けた教会の紋章を手に取って、胸元で印を切る。

「昼間は嘘をついて連れてきちゃったけれど、今の話は神様に誓って嘘じゃないです。だから……ライラに着いてきてくれる？　エルラーン司祭様も、美月を死なせたくない、って言ってたから……ね」

上目遣いに見つめる目は、嘘を言っているようには見えず、不安に怯えているように思えた。それに先ほどの教会の男に関しては、いい印象は一つもなかった。一度美月を騙したライラと比べても、だ。

「……わかった。今回だけはライラのことを信用する。私もまだ死にたくないし」

小さな女の子の手を取り、ぎゅっと握りしめた。

「……どこに行ったらいいの？　私、着いていくから」

それに、外に出るチャンスがあれば、ライラを振り切って逃げることもできるかもしれない。そんな思いつきは一切顔に出さず、美月はライラの言う通り、この場から去ることを選んだのだった。


だが美月の密かな脱走計画は、残念ながら失敗に終わった。

何故なら、部屋を出る前に目隠しをされてしまったからだ。目隠しをされたまま階段をいくつか降りて外に出ると、用意されていたらしい馬車に乗せられてどこかに移動した。夜中のせいか辺りは静かで、今自分が王都にいるのか、それ以外のどこにいるのかすらよくわからない。

かなり長い間馬車が走ったあと、目的地に着いたようだった。静かにするようにと言われて歩きついた場所で美月はようやく目隠しを取ってもらい、改めて辺りの景色を見まわす。最後階段を登らされたから、たぶんここはどこかの建物の上のほうだ。

「着きました。美月さんには、ここでしばらく生活してもらうことになります」

美月を連れ出す、という大任を果たしたライラはほっとしたように笑みを浮かべる。

　これからしばらく過ごす部屋と言われた場所は、古いけれどよく磨き込まれた家具に囲まれていた。飾り気はないが清潔で、先ほど居た部屋よりは温かみがあり、ずっと居心地がよい。外が見える窓があるようだが、暗いために様子は見えない。

「……今日はもう遅いですし、もう寝てください」

　小さな子供のはずなのに、ライラは眠そうな様子も見せず、落ち着き払って部屋を確認すると美月に言った。確かにさっきまで寝ていたはずなのに、最大の緊張から解放されたせいかまだ眠い。美月は思わずあくびをかみ殺す。

「明日になれば、またエルラーン司祭がいらっしゃいます。今後のお話もその時にされると思います。ではおやすみなさい」

　それだけ言うと、ライラは部屋を出ていく。カチャリ、という鍵の音を聞いて、まだ自分が監禁状態であることを理解する。とはいえ体は疲れ果てていて、泥のように眠りを求めていた。

　美月が質素なベッドに腰かけると、心地よい花の香りが漂ってくる。サシェのようなものが枕元に置かれており、その下には何度も洗われてくたくたになっているけれど、その分肌触りの良い、綺麗な木綿の寝間着が置かれていることに気づいた。

「……一日動き回ったし、こっちの方が清潔そうだよね」

　それにドレスで寝るよりはずっと眠りやすいだろう。今後何が起こるにしても、体力は一番大事だ。そう判断すると、お風呂に入りたいと思いながらも、美月は寝間着に着替えて、再びベッドに横たわった。

※　　　※　　　※

再び目が覚めると、頰に明るい日差しが当たっているのに気づく。外からかすかに聞こえるのは鳥のさえずりか、と思ったけれど、少し違うようだった。

「ほら、ローリア、エイジア、こっちに来なさい。ご飯、食べるんでしょう？」

くすくすと笑う声に誘われるように、美月は窓に近づいていく。レースのカーテンの向こうは、羽目殺しの出窓になっており、開けることはできないが、外の様子はよく見える。どうやら美月がいるのは森の中に立っている塔のような建物らしい。よく見れば天井は中央が高くなっている。

「……ライラ？　と……あれは？」

美月は魔導の力を借りて自分の視力と聴力をそこに集中する。そうするとまるでスマートフォンの画面を拡大表示するように大写しで、遠くのものを見ることができるのだ。いくつか覚えた便利な初級魔導の一つである。そうやって遠くにいるはずのライラを確認すると、今は楽しげで屈託ない表情をしている。彼女が声を掛けたのはどうやら彼女が連れている生き物の名前らしい。ライラが皿に餌を盛っているのを見ながら、美月は窓の外の光景に目を瞬かせた。

「あれって……やっぱり竜だよね？」

ライラのあとを、大型犬ぐらいの大きさの緑色の二匹の生き物がひょこひょこと歩いてついてくる。そして餌を見つけた途端、喜びの声を上げて貪りついた。やはり以前イサックの故郷マルーンで見た、火蜥蜴《ひとかげ》とは大きさも姿も違っている。そして見た目でいえば、ターリィをぐっと小さくしたような姿をしていた。

「………」

五歳児くらいに見えるけれど、なんとなく年齢不詳な印象のライラや、何故か大司教を裏切って、自分を匿うような動きを見せたエルラーン。そして竜に、この部屋……。

正直、何がどうなっているのかわからない。けれど明るい日差しの中で、満腹になって機嫌よさそうな竜の幼体と、世話をする幼女の姿を窓越しに見ることができる場所の方が、景色も見えず悪意に満ちていた昨夜の場所より、ずっとマシだと美月は思う。

食事を終えると、二匹の竜は小さな体で飛び上がり、空を飛んで姿を消した。それを見届けると、ライラは傍らに置いていたお盆を持って、今度は美月のいる塔に入ってくる。階段を登る音がして、しばらくするとカチャリという鍵を開ける音と共に扉が開き、ライラが顔を出した。

「おはようございます。食事、ここに置いておきますね」

それだけ言うと、部屋の外に出て行こうとするライラに美月は声を掛ける。

「あの、今、窓から見てたの。さっきのって竜よね？　ずいぶん小さいけれど……」

美月の言葉に、ライラは咄嗟に足を止めて振り向く。

「……そうです。美月さんは竜を見たことがあるんですか？」

「ええ、図書館の騎士は竜を使うし、王都にも竜で来たのよ」

美月の言葉に一瞬、ライラは目を輝かせた。

「竜に乗ったことがあるんですか！」

だが、次の瞬間いつも通り落ち着いた表情を取り戻す。

「この塔は竜の世話をするための建物です。と言ってもここにいるのは、人と縁を結んだ竜騎士たちの竜ではなく野生の竜なので、塔の外に出れば襲われますよ。森の奥には幼体だけでなく成体の竜もいますから」

なるほど、簡単に外には出られない、と彼女は言っているのだ。

「……ライラは襲われないの？」

試しに尋ねてみると、彼女は曖昧に笑みを浮かべて頷く。普段から世話をしているからなのか、それとも竜たちが判別できるような特別な何かを持っているのかもしれない。

「エルラーン司祭様はお昼過ぎにいらっしゃると思います。それまでは食事をしてもらって、ゆっくり過ごしていてください。この中であれば自由に動いてもらっても構いません」

それだけ言うと彼女は部屋を出ていく。しっかりと鍵が降りる音がして、依然として自分が監禁状態であることを理解する。

この塔の窓から見る限り、やはりここはどこかの森の中のようだ。とはいえイスヴァーンは緑の森に囲まれた国だ。王都のように開けているところ以外は、そもそも森ばかりだから居場所の見当もつかない。

　結局自分がどこにいるか判別することのできなかった美月は、チーズとパン、それにポットに入れられた温かいスープで食事を取った。質素だけど味は悪くない。食べ終えて部屋をぐるっと見てまわる。室内には入口以外にも扉があって、出るとその先にはトイレと浴室が備わっていた。そしてこちら側の扉の手前には本棚があり、数冊だけ本が置かれている。

「……これって、聖典？」

　手に取ってページをめくってみると、それは教会の聖典のように思われた。魔法図書館にも聖典は置いてあるが、今まで中をじっくり読んだことはない。美月は他に時間つぶしをするものがないと判断すると、聖典を持ってベッドに腰かける。

『教会』の名前はよく聞くけれど、考えてみたら、その正体はよくわかっていない。だったら暇つぶしを兼ねて、少し学んでみようと、美月は昼過ぎまで聖典を読みながら時間を過ごした。

第三章　『錠前』は敵の蜜獄に囚われて

「美月はみつかった？」

既に日が落ちた図書館の閲覧室でミーシャとイサックが話をしているところに、飛び込んできたのはアルフェだ。イサックは従兄弟の顔を見て、言葉なく小さく顔を横に振った。

「城に上がってきた報告を聞いたから状況は知っているよ。でも幼い子供一人で美月を攫えるわけもないから、当然協力者が裏口にいたんだろうね」

アルフェは城で聞いた報告を思い起こす。

今日の午後、冬の買い出しを終えた美月はイサックと共に本屋に寄った。そこで女児と出会い、親がその場にいなかったその子がトイレに行きたいと言い出したため、美月は本屋の手洗いに向かった。手洗い場の前で待っていたイサックが、出てくるのが遅いので声を掛けたところ返答がなく、店の者を呼んで中を確認してもらうと、そこは既にもぬけの殻だった。

「――そんなところに裏に抜ける出口がある、なんてことは普通考えないだろう？」

イサックの言葉にアルフェは小さく頷く。本屋の手洗いには、裏側にも出入口があった。裏で作業をしている従業員が手洗いを使うための出入口だったらしいのだが、そこからなら、手洗いの入り口で見張っていたイサックの目にふれずに、美月を連れ去ることは可能だろう。抵抗した様子もないということは、意識を奪っていたのかもしれない。

「でもどうやって連れ去ったかより、問題は、誰が連れ去ったか、ってことだよね」

ちらりとイサックの表情を盗み見る。見たことがないくらい酷い表情だ、とアルフェは思った。美月が攫われてからまだ数時間しか経っていないのに、すでに目は落ちくぼんで、目の下には隈が縁どられている。なのに瞳はギラギラとしていて、焦燥感というものを形にするとこうなるのか、と従兄弟の強すぎる執着と恋情を改めて思い知らされる。

「……ああ。どうせ教会の仕業だろう、と俺は確信を持っているが……」

「少なくとも、今の時点で図書館は美月の無事は確認しているんだよね」

『錠前』が任務を遂行できない状態になると、図書館にはそれが伝わるらしい。もちろん次の『錠前』が必要となるからだ。だが現時点で図書館からは特別な意思表示はされていない。

「……どの状態が無事、というかにもよるが……」

顔をこわばらせたイサックが返答する。体が傷ついていなくても心が傷つけられている可能性だってある。そもそも彼女が敵の手の内にあれば、彼女の身も、いつどうなるのかもわからない。下手をすれば今この瞬間、命を奪われる可能性もあるのだ。まあそう簡単に彼女を手にかけるとは思えないけれど、と楽観的にアルフェは考える。

「確かに一番怪しいのは教会だよね。まあ、あれから教会組織も自主的に内部を大掃除したみたいだけど……」

「しょせん身内での処分だろう。そんなもの形式的にやっただけでは意味はなさない」

現にエルラーン司祭ですら、身分をはく奪されることも、破門されることもなく、以前と同じように教会業務に携わっている、というのだから。

「当然残党がいるのだろうな。それが教会の一部にいるのか、外にいるのかもわからんが」

イサックの言葉に頷く。教会側の真意を探るため、明日一番で、アルフェの父親でもあるザナル王が、この国の教会組織の最高責任者であるナザーリオ総大司教を謁見《えっけん》の間に呼ぶことになっている。そこで今回の連れ去りに教会が関わっているか否かも含め、情報を精査する予定だ。王から、イスヴァーン王国での教会最高位である総大司教への呼び出しは相当な圧力となるだろう。

「……だがそんな圧力程度で美月を返すのであれば、そもそも攫ったりはしないだろうな」

「そうだね。美月を攫った奴らは、穏健派のナザーリオ総大司教を失脚させたい側の人間だろうしね」

イサックの吐き捨てるような言葉にアルフェも頷かざるをえない。

（それに美月に執着している教会の男といえば……）

アルフェ王子の脳裏に浮かぶのは元『鍵』候補のエルラーン司祭だ。あの男の周辺をもう一度調べ直してみる必要はある。

「明日の朝のザナル王からの総大司教呼び出しに関しては、エルラーン司祭も同席させるように進言しておいたから。……イサックも来るよね？」

その言葉に表情をこわばらせたままのイサックは頷く。

「……大丈夫だよ。美月はちゃんと無事に帰ってくるから。そのために近衛騎士団も動いているし、魔導士ギルドも教会も、国王の指示に従うって表明しているからさ」

アルフェが慰めるようにイサックの肩を叩くと、彼は苦し気に呟く。

「……すべては俺の責任だ……」

イサックの言葉が予想通り重くて、アルフェは何も言えずに小さくため息をついた。

※　　※　　※

昔から文字を読むのは好きだった。特に何か不安な時にはわざと文字に集中して時間を過ごした。物語に没頭したり本を読んだりしていると、何も考えなくて済むし、読み終わった時には、不安だったことを少しずつでも受け入れられて、その出来事と、自分の気持ちが馴染む感じがするからだ。

とはいえ、攫われた先で聖典を読むなんていうことを望んでいたわけでもないけれど。

「午前中は本を読んで静かに過ごしていらした、ということで、私もホッとしました」

今、美月の目の前の椅子に座っているのは、プラチナブロンドの艶やかな髪と、漆黒の瞳を持つ美しすぎる司祭だ。今度はゆっくりと時間を過ごすつもりなのか、二人の前には茶器が用意されて、温かいお茶がライラによって淹れられている。ドレスは既に持ち去られ、昨日の寝間着から着替えられずに、美月は仕方なくその格好のまま勧められた長椅子に座って彼と対峙している。

「ここがどこだかわかりませんし、なんで昨日の場所から連れ出されたのかもわからない。それに鍵が掛けられていて外には出られない。外に出たとしても竜に襲われる、とライラに脅されたので、本を読むくらいしかすることがなくて……」

「ええ、竜は神から遣わされた聖なる生き物ですから。たとえ竜が人を襲ったとしても、それは神の思し召しと考えられて、竜が罰せられることはありません」

つまり美月が勝手に外に出て竜に襲われても、美月が悪い、ということになるらしい。

聖典を手に持ったままの美月から、恭しくそれを受け取ると、エルラーンはベッドサイドに本を置いた。

美月は改めてエルラーンの整った顔をちらりと盗み見る。正直目の前の人の考えも、昨日の大司教という人の考えも理解できない。だったら聖典を読むことで、その宗教観くらいは理解できるのではないか、と美月は思ったのだ。

この国で『教会』と言うと、レギリオ教会のことらしい。ただ、それは美月が最初に思い浮かべていたキリスト教とは違って、一神教ではなく多神教だった。ギリシャ神話などの世界観に近いかもしれない。

聖典には神と人が同じ世界で生きている時代の神話が書かれていた。だが神から与えられた世界に満足せず、人間たちの王が、神と同等の権力を手に入れようとしたため、怒りの雷《いかずち》が落ちて、その日から人は神とたもとを分かったという。そして再び神と同じ世界で共に生きていけることを目指すのが、この教会の教義のようだった。

（そう考えると、確かにイスヴァーン国王が、魔法図書館を独占しているって考えて、教義に反する行動を取っていると思いこむ教会の人間がいるのは理解できるけど……）

「ところで……私はなんでここに移されたんですか？」

美月の問いに、エルラーンは嘲笑を浮かべる。

「昨日の夜、ザナル王から教会に、召喚の書状が届きました。『錠前』誘拐に教会の関与があるか確認するためのものです。あまりに早い国王の対応に、自分たちのしでかしたことが思った以上に大事だったと気づいた者たちが、貴女を亡き者にすればよいと安易に判断したのです」

本当に愚かしい、と彼は吐き捨てる。

「ですが、愚かなのはザナル王と王族も一緒です。禁忌の魔導が載った魔導書を図書館に集め、それを自分たちの権力を維持するために独占する。神から怒りの雷を打たれたあの時から、何一つ学んでいない。私たちは聖典が書かれる以前の人間たちの愚かしい行いを知っています。そして再び悲劇を起こさないために、あれらの魔導書を、教会こそが管理しなければならないと考えているのです」

滔々と美しい声で語るエルラーンの言葉は、まるで神のお告げのように聞こえる人もいるかもしれない。美麗な見た目と相まって、彼には人の目を惹きつけるカリスマがあることを、美月は改めて思い知らされる。

「だとしても、図書館の持ち主は国王です。教会の持ち物ではないのですから、魔導書に対する権利は貴方たちにはありません」

だが彼の目に浮かんでいるのは狂信者のそれだ。美月がきっぱりと言い返すと、彼はうっすらと笑みを浮かべた。

「レギリオ教会は、イスヴァーン一国の教会ではありません。総本山であるレギリオ宗主国には教皇がおられ、この周辺の国はレギリオ教を信仰しています。私どもは再び罪を犯さないために、魔導書を厳重に管理し、なおかつ神を信奉する民に、国の内外を問わず、魔導書の恩恵を神の御心として分け与えたいと思っているのです」

彼の言葉に自然と美月は顔を顰めていた。けして大国とは言えないイスヴァーンが他国と対等に渡り合って行けるのは、王立魔法図書館の秘術の魔導書があるからだ、と以前ヴァレリーが言っていた。その利点を一方的に奪われれば、この国が他国に攻め込まれる可能性だってある。国王が国と国民の安寧を最優先して、政治を行うのは当然のことだと美月は思う。そもそもイスヴァーン王国が長年、収集管理している貴重な魔導書に対して、教会は何の権利も持っていない。

「……エルラーンの主張、というか教会の考え方はわかりましたけど、イスヴァーン王国を維持させるためにも、私は魔法図書館の権利を教会に与えるべきではない、と思います」

もちろん多くの人が幸せになれる社会であってほしい。だが教会を至上の存在とする彼の主張を聞く限り、理解の一致を見るのは難しいかもしれない。

美月の返答を聞いた瞬間、エルラーンは酷く冷淡で美しい笑みを浮かべる。

「……だからコンスタンチノ大司教は、王族に近しい貴女を攫うように指示を出したのです。説得に失敗すれば『錠前』の命を奪えばよい。それだけで教会は新しい『鍵』を出すチャンスを得られるのですから」

エルラーンは肩を竦めた。美月はその言葉に唇を噛みしめる。人一人の命をなんだと思っているのだろうか。

「ですが私はその選択を良しとしません。安易に貴女の命を奪うことは、全ての命を愛しむ神の意思に反すると思われませんか？」

そして美月の命を救うべく、エルラーンは単独で動いたのだという。まだ裏切られたことには気づいていないコンスタンチノ大司教の一派は、突然姿を消した美月を探して右往左往しているらしい。

「……ここは私が管轄する教会の孤児院と接している森の中にあります。私以外の教会関係者はここの存在を知りませんし、訪ねてくることはありません。コンスタンチノ大司教に対しても、恭順の意思を見せていますから、私が疑われることはない。そもそも王都で美月を攫ったのは、表向きは別の者の仕業となっていますから、私はこの件に関しては何も知らない、という立場です」

説明を終えた彼はティーカップに手を伸ばす。美月も同じように手を伸ばし、震える指先で既に冷たくなってしまったカップを持ち、コクリと飲み干す。

「……ライラ、あとの始末は私がしますから、貴女は孤児院に戻っていてください」

カップをソーサーに戻し、エルラーンが麗しい笑顔をライラに向けながら言うと、彼女は一瞬酷く複雑な表情をした。

「わかりました。それではあとはよろしくお願いします」

だがその表情を誤魔化すように、穏やかな笑顔を浮かべると、彼女は小屋を出ていく。窓の向こうに歩を進め、森の中に向かって歩いていくライラの背中を確認すると、美月は何とも言えない不安な気持ちになっていた。

わざわざ大司教の目を盗んで自分を匿って、エルラーンはいったい何を企んでいるのだろうか。

「貴女の命を救った代わりに、一つ提案があります」

一歩美月に近づいてくると、彼は柔らかく微笑みを浮かべた。

「貴女はイサック殿の『錠前』として、王立魔法図書館に戻ることは諦めてください。新しい『鍵』を受け入れるまで、貴女の身柄は拘束させていただきます」

それだけ告げると、彼はゆるりと起ち上がって、美月の前に立った。それから当然のように美月の手を取る。

「……あの。それってどういうことですか？　どちらにせよ、新しい『鍵』なんて受け入れるつもりはありません」

美月が警戒して手を引こうとすると、エルラーンは優美に微笑んだまま、その手の甲に唇を落とす。

「――っ」

「いえ。今度こそ、貴女に私を『鍵』として受け入れてもらいます」

抗おうとしたときには、摑んだ手を起点にして、美月は長椅子に押し倒されていた。

ハッと視線を上げると、彼は先ほどと変わらない穏やかな表情で美月のことを見下ろしている。

「何をするんですか！」

美月が咄嗟に睨みつけると、彼は元々用意していたらしい拘束具を美月の両手首に掛けて、強引に椅子のひじ掛け部分に固定してしまう。

「することは決まっています。あの『鍵』の男から、貴女のすべてを奪うだけです」

ふっと彼が目を細めて笑う。あまりに淡々と言われるから、一瞬意味が理解できなくて声を上げそびれた。

ギシリと音を立てて、神聖なはずの司祭の衣装を身に纏っている男が自らの上にまたがる。突然のことに怯えて悲鳴も出ない。先ほどまで部屋にいたライラもおらず、美月は目の前の男の顔を恐怖に満ちた顔で見上げた。

「することって……」

万歳をしているように手を上げた状態で拘束され、下半身を抑え込まれてろくに動くこともできない。彼と二人きりになる、ということはこういうことが起こり得る、と理解できてなかったのは自分の方だ、と美月はようやく気づいた。

「……時間が惜しい」

彼は焦燥感を帯びた瞳で美月を見下ろすと、胸のボタンに手を掛ける。

「ちょ……やめてください。私、そんなことっ」

咄嗟に体をゆすって彼の拘束から逃れようとするが、手首を拘束している金属が擦れる音が部屋に響くだけだ。肩を揺らし彼の手から逃れようとしても、片手を肩に置いて動きを抑え込まれボタンを外されれば、寝間着しか着てなかったせいで、簡単に肌が露わにされてしまう。

「ダメです、そんなこと、絶対に嫌っ！」

思わず大きな声を上げた瞬間、彼の手が美月の唇を塞ぎ、もう一方の手が首に掛かる。

ゆっくりと力が籠められ、気道を抑え込まれると、苦しくて声が上げられなくなる。

「静かにしていてください。騒がしいのは嫌いです。貴女は私に攫われて、自由を奪われた。生殺与奪《せいさつよだつ》すら私の手の内です。貴女をこのまま塔の外に出せば、竜たちが貴女を始末してくれるでしょう。手間も時間もかからない」

緩められることなくゆっくりと首を絞められ、ひたすら苦しい。呼吸ができなくて、代わりにぼろぼろと涙がこぼれ、意識が遠ざかる。彼の声が酷く遠くから聞こえる気がした。

「おかしいですね。貴女を憎んでいるし、嫌っているはずなのに、それでも……」

首を抑え込んでいた手が緩まり、ゆっくりと唇から手を離される。

瞬間、美月はヒュウと音を立てて呼吸をし、狭くなっていた気道から酸素を取り込む。

瞬間、ゲホゲホと激しく咳き込んでしまった。

だが彼は微笑んでいるだけで、そんな美月の首にあった手を指だけ残して離し、代わりにゆっくりと美月の首筋を撫でる。先ほどまで呼吸を奪おうとしていた手に、今度は撫でられて、美月は全身が総毛立つ。そして彼の手の中に未だに自分の生が掌握されているという事実に、ただ奥歯を嚙み締めてその恐怖と戦うことしかできない。

彼の手は冷たく、動くたびにゾワリゾワリと背筋から得体のしれない何かが這いあがってくる。柔らかく首を撫で、その手は明確な意図をもって美月の鎖骨に触れて、緩やかに下方に下がっていく。恐怖でいつもより思考が回らない。

ただ先ほどのように大きな声を上げて、気道を潰されるのが怖い。恐怖で視線を上げて、顔を左右に振る。いやだという意思表示をするものの、彼はそんな彼女を見て緩やかに笑みを浮かべるだけだ。

「……あれからずいぶんと時間が経ちましたが、相変わらず男の匂いを感じさせない綺麗な肌です。『鍵』の男と夜ごと、何度も淫らな情事を重ねているとは思えないほど清廉に見えます」

責めるような言葉を穏やかな表情のまま口にすると、彼は美月の肌を堪能するように、目を細める。性的な香りを感じさせない彼の表情に、落ち着かない気持ちになる。

はぁっと深い嘆息を漏らすと、彼の長く綺麗な指が美月の胸の谷間に落ちてくる。初めて出会った時に触れられた時と同じく、指は焦ることなくゆっくりと美月の輪郭を撫でていった。

「もう……いいでしょう?」

大きな声を出して首を絞められるのがいやで、小さな声で彼を制止する。

「……もう?　……何をおっしゃっているんですか。美月、これから、ですよ」

抗う美月に苛立ちを感じたかのように、緩やかに胸の頂を上ろうとしていた指を離し、刹那、その手が美月の胸を握りつぶすかのように摑む。

「痛いっ、もうやめて!」

咄嗟に声を上げた美月を見て、彼は無言でもう一方の手を再び美月の首筋に置く。恐怖にヒュッと喉が鳴った。

「もう……これ以上はやめてください。私の心も体も、すべてイサックのものなんです。彼に誓ったの。だから他の人は——っ」

その先の言葉を続けようとしたとき、再び彼の手が美月の気道を抑え込む。声が上げられなくなり、彼の抑え込んだ指の下で、ぐぅっと息が潰れる音がして、涙が滲む。

「……余計なことは言う必要はありません。わかりましたか?」

ゆっくりと彼が手を離した瞬間、反動で再び激しく咳き込んでしまった。だが身を折りたくても、手首と下半身を拘束されているために、それすら叶わない。怯えて竦む体を必死に宥めていると、彼がそっと美月の頬を撫でた。

「可哀想に。涙まで流して……」

そこまで追い込んだのは自分なのに、まるで他人事のように呟くと、聖人君子のように微笑み、そっと目尻に浮いた涙を味わうようにチロリと赤い舌が這う。

「……ですが美月の涙は、甘くて、苦くて……まるで媚薬のようですね」

首を絞められた一瞬の苦しさが抗うことを拒ませる。心はイサックしか求めてないのに、エルラーンを拒否して再び苦しい目に遭わされることを本能的に避けてしまう。だから美月は声を上げることもできずに、彼が自分の目元に唇を寄せるのを許してしまった。

指は冷たかったのに、唇は温かい。目元をキスで拭われて、美月はくっと奥歯を噛みしめる。顔はまるで聖人のようなのに、狂人のような危うさを持っている。エルラーンの冷静さを秘めた狂気が怖くてたまらない。

執拗に目元にキスを落とし、最後舌で舐めとることまでしてから、彼は顔を離し、優しい顔をして微笑む。

「苦しい想いをしたくないのでしたら、逆らわず、余計なことを口にしないことです。貴女はすでに教会と私のものなのですから……」

言われっぱなしで悔しい。でも、泣いたら却ってこの狂信者を喜ばせることになる。美月は唇を噛みしめて耐えた。

「……そう、そうやって静かにしていただければ、いいのです」

美月が静かになったのを見て、エルラーンは再び美月の肌に触れていく。恐怖に肌が戦慄く。やめて、と声を上げることすら怖くて、縛られた両手の拳を握って、肌の上を滑る手の感触を意識しないようにした。

第四章　森の奥で人々は自らの想いに耽る

美月は暗くなった部屋で目を覚ますと、ぼうっと部屋の中を見渡す。記憶がどうも曖昧だ。エルラーン司祭が来て、一緒にお茶を飲んだところまでは覚えている。

顔を顰めて、痛む頭を必死に働かせた瞬間、はっと記憶の断片がよみがえる。

『貴女は本当に錠前に相応しく、欲望に素直で、快楽に脆い……』

彼は満足げに頷くと、未だ手首を拘束されている美月をぎゅっと抱き寄せた。ゆるゆると背中を撫でられて、悔しさに奥歯を嚙みしめる。自分だけ服を肌蹴させられてすべてを男の眼前に曝け出しているのに、彼は襟元すらくつろがせていない。彼を跳ねのけるための手は未だに拘束されて、暴れたせいで、手首がすれてズキズキと痛みを訴えて続けていた。それでも、まだ最後の一線は守られている。

（……私はイサックのものだから。この男に全部は奪わせない……）

すでに美月を手に入れたも同然と彼は気を抜いている。そんな様子を見て取って美月は深く息を吸い込む。

そして先ほどから首を絞められて発することのできなかった術式を、一気に唱えた。

他の男性を受け入れると『錠前』でなくなるという魔導書で見たそれを唱えた途端、赤い光が立ち上り、美月を縛り上げる。それからその光はすぅっと美月の体に溶け込むようにして消えたのだけれど……。

そのあとはどうなったのだろうか。必死に記憶をたどっていると、カチャリという音がして、美月ははっと視線を上げた。

「美月さん、目が覚めたんですね。こちらに来たら熱を出されて、酷くうなされていて」

申し訳なさそうに謝るライラの顔を見て、術が発動したあと、意識を失ったらしいとわかった。気づけば外は既に薄暗くなっている。

「私、ずいぶんと寝てたのかしら……」

その後無理やり、エルラーンに何かをされた気配はないと思う。少なくとも体に大きな違和感がないことを心の支えにしてゆっくりと起き上がった。

「司祭様とお話している最中に、急に体調が悪くなったらしいです。疲れが出たんじゃないか、って言っていました。それから美月さんは丸一日以上、寝ていらしていて……」

「丸一日以上？」

びっくりしながら、美月は改めて部屋の中を見渡す。室内には赤みを帯びた光が窓から差し込んでいる。夕暮れと言っても、あれから丸一日経ったあとの夕暮れ、ということらしい。イサックの元から攫われて既に二日が経っているのか。何だか実感がわかない。その時外から明るい子供たちの声が聞こえてきて、窓の近くで外の様子を確認する。

「ライナスさま、こっちこっち。早く帰らないと、日が暮れちゃうよ」

笑顔の子供たちに手を引かれて歩いているのは、黒髪を長く伸ばした司祭の服を着た男性だ。エルラーンがここには他の司祭は来ないと言っていたことを思い出して、美月は思案するように首を傾げた。

「ここには……他の司祭は来ないって言っていたのに」

「ライナス様は、司祭様ではないのです。元司祭、ということらしいのですけど……」

ライラが美月の呟きに反応して、そう言葉を返す。

「前の『鍵』候補だった方で、エルラーン司祭様が兄のように慕っていたと聞きました。今は孤児院の力仕事を手伝う下働きのような仕事をされています。あまり……意思がはっきりしていらっしゃらなくて……」

前の『鍵』候補といえば、セイラに執着しすぎて姿を消してしまったという人ではないだろうか。ライラの言葉から察すると、そのショックで精神的に病み、ここで匿われていたのかもしれない。男はふらふらとおぼつかない足取りで子供たちに手を引かれて歩いている。その姿がゆっくりと夕闇の森の中に消えていくのを美月は見送った。

「……そういえばあの子供たちは？」

「子供たちはここの孤児院の子たちです。この森のはずれに孤児院があって、子供たちは森でいろいろなものを収穫して、毎日の食事の足しにしているんです」

「でも森には竜がいるから襲われるってライラ言っていたわよね」

美月がそう返すと、ライラは小さく笑って、美月の前に食事を並べる。

「……エルラーン司祭様のお陰で、あの子たちは闇から闇に葬り去られるところを救われて、ああやって笑顔で毎日の生活が送れるようになっているんです。あの子たちにとってエルラーン司祭様は恩人なのです」

他の子供たちは何故竜に襲われないのか、という問いについては、笑顔で誤魔化すライラをみて、美月は首を傾げた。

「ライラもあの子たちの仲間、っていうわけじゃないの？」

美月の言葉にライラは微かに首を横に振った。

「私はあの子たちとは違うんです。私はこの森でしか生きていけないから……」

彼女が言った言葉の意味を追求しようと、美月が彼女の顔を覗き込むと、ライラはトンと力強くカップを机に置く。

「スープ、飲んでください。キノコが一杯で美味しいですよ。じゃあ、私も夕食食べないといけないので帰ります。お風呂は沸いているので勝手に入ってください。では」

それだけ言うと彼女は脱兎のごとく、部屋から出ていく。当然のようにカチャリと鍵をかける音がする。美月は窓から孤児院に戻っていく彼女の小さくなる背中を見送った。

ゆっくりと森に夜の帳が降りてくる。美月はランプに灯されて仄明るい部屋で、シンプルだけれど滋味深い食事を摂った。

　前の『鍵』候補と親しい関係であるエルラーンは、彼自身が『鍵』候補になってしまったことをどのように思っているのか、とふと思う。兄弟子と同じ運命を恨んでいるのか、それともいっそ、自分こそが『鍵』になってやると復讐心に近い考えでいるのだろうか。だから自分を攫ったのかもしれない。

「……イサックはどうしているかな……」

　そんなことを考えれば考えるほど、エルラーンの抱える闇は深く感じられてくる。その矛先が自分に向いている間はまだいい。でもそれがイサックに向く可能性もあるはずだ。

　……何も彼に悪いことが起こらなければいい。でも少なくとも美月がこうして彼を心配するように、いやそれ以上に、敵の手に落ちている美月を心配して彼もまた眠れない夜を過ごしているのだろう。

（早く……イサックのところに帰りたい……）

　もしこの世界に神、などという存在がいるのであれば、すぐにでも彼の元に戻してほしい。けれど美月自身、この世界の神の代理人を称する教会に身柄を拘束されているのだ。祈ることがどれだけの意味があるのか、と自然と深いため息が漏れた。

※　　※　　※

「ライナス、口を開けてくれ」

匙を口元に持っていくと、彼は口を開いてキノコの入ったスープを飲む。上手く飲みこめなくて、べたべたと汚れた口元をエルラーンは持っていたハンカチで拭う。

孤児として教会に来たばかりの幼い自分の世話をしてくれていた兄にも等しい存在の男のなれの果てを見て、エルラーンは胸がかきむしられるように感じる。

（あの女と出会わなければ、ライナスは……）

せめて、『鍵』候補に選ばれなければ、ライナスも諦めがついたのかもしれない。

「図書館のせいか。いや、最終的に追い詰めたのはあの男だ……」

――コンスタンチノ大司教。

図書館の権力を欲したあの欲塗れの男が、ライナスを責めたて、正気を失わせるほど追い込んだのだ。『鍵』選びの儀式の結果、セイラの『鍵』として選ばれたのは、現王の弟であるジェイだったのだが。

『しょせん、司祭上がりの朴念仁《ぼくねんじん》では、派手な王弟殿下の相手にはならなかったか。あの女に惚れていると言いながら、向こうからすれば顔見知り程度の付き合いしかなかったらしいな。結局なす術もなく、あっさりと奪われたのか。本当に役に立たない男だ』

当時司教であったコンスタンチノから直接、手酷い言葉を幾度も掛けられて、ずっと思いを寄せていた女性に失恋したばかりの彼は、見る見るうちに精神的に不安定になっていった。そもそも彼も自分も孤児で、教会の孤児院で育てられた同士だ。彼が堕ちていった孤独の闇の深さはよくわかる。

彼は自分を唯一の存在として愛してくれて、自分もまた愛せる相手を、ずっと求めていたのだろう。彼が見つけた相手は、神の巫女であった美しい少女セイラだった。そして愛情深い彼の恋情は、彼自身を燃やしつくすほど、一方的に育っていってしまったのだ。

そして美月の『鍵』選びの時にも、シェラハン司教を裏で操っていたのが大司教であったことをエルラーンは事件のあと知ることになった。前の『鍵』の石化事件を引き起こしたのもコンスタンチノの指示であったようだ。だが当の本人はシェラハンにすべての責任を押し付けて、自分は知らぬ顔で今も大司教として教会内で大きな顔をしている。

エルラーン同様に、神のために王立魔法図書館を手に入れたいと口にしているが、本音では彼自身の教会組織での立場を高めたいという下世話な目的があるのは言うまでもない。

（あの男こそ神の裁きを受けるべきだ……）

以前の彼とはまったく別人になってしまったライナスを見ながら、エルラーンはざらつく感情を何とか飲みこもうとした。

「セイラ……？」

ふとその名前を口にして、彼は何かを探すように辺りを見渡す。当然その名を呼んでも女はおらず、応えることもない。ライナスはしばらく探し続けて、諦めたように目線を下げた。その悲しい姿にエルラーンは思わず視線を逸らす。ライナスの苦悩を隣で見ていたはずなのに、運命に逆らうことができず、自分自身も『錠前』に強い執着を感じることになり、どんな手段を使っても手に入れたい存在だと考えるようになっていた。

（だが、私は……こうはならない）

何度目かのその誓いを胸に、エルラーンは食事を食べ終えた男の寝支度を整えてやる。そうしながら苦い気持ちで思い出すのは、今日の美月の姿だ。

体に恐怖を教え込み、愛おしい男の命を盾に、その意思を無視して体を蹂躙しようとした。だが最後の一線を超えようとしたとき、彼女はもうろうとした意識の中、とんでもないことを言い出したのだ。

『それ以上したら……私は『錠前』としての価値を失いますよ』

美月がそう宣言して術式を唱えたのは、彼女のすべて奪う直前だった。まあそれ以前によけいなことを言おうとすれば、気道を抑え込み、言葉も意思も奪い続けていたのだから、言えなかっただけかもしれないが……。

それについて追求すれば、書庫にある魔導書から用いた術式で、『鍵』の男に操を立てるために、自分自身に掛けたのだという。

「……私はイサックだけのものだから……」

これからはずっと彼以外、誰も受け入れない。と美月は告げ、刹那術式が彼女を檻のように取り囲むと、そのまま魔導でできた檻は彼女の体の中に吸い込まれていった。そして気を失った美月を見て、エルラーンは先手を打たれた悔しさに、彼女を睨みつけることしかできなかった。

（まったく……忌々しいほどに）

自分の知っている『錠前』は、どこまでも『鍵』に対して誠実だ。だからこそライナスは希望の一つも残されず、存在すら気づかれないという最悪の拒絶の仕方をされたことで精神を病んでしまったのだから。

――結局、今回も美月のすべて手に入れることはできなかった。美月の言う『錠前』としての価値を失う、という言葉の意味がよくわからない。だが『錠前』ではない美月を手に入れても、自分の野望も欲望も満たされない。彼女を奪う理由を失って、エルラーンは深い吐息を漏らす。

いっそ、『錠前』であることにこだわらずに、全部奪ってやろうか。少なくとも身の自由は奪った。心が奪えないのならば壊してしまえばいい。自分が『鍵』になるという野望は達成できないが、美月を自分の自由にすることはできる。

じわりと湧き上がる昏《くら》い感情を深い呼吸をして宥める。焦ることはない。まだどちらにでも動くことは可能だ。

わが身の安全を図るのであれば、記憶を奪ったうえで、どこかに放逐すればよい。少し時間は掛かるがメイデスティグ術式を埋め込みさえすれば、簡単にできる。記憶さえ消してしまえば疑われても、自分が美月を攫ったという証拠はみつからないだろう。コンスタンチノにその罪を全部押し付けることも可能だ。そのための証拠も集めてある。

だが『錠前』として自分の役に立ちそうもない美月を、即座に記憶を奪って手放す選択ができない時点で、すでに自分自身の目論見がはずれつつあることをエルラーンは自覚できていなかったのだった。

※　　※　　※

美月が姿を消した翌日の夜。ようやく図書館にやってきた上級魔導士は、不機嫌そうに肩を竦めた。

「現時点の美月の居所ははっきりとしない。いや、急進派の残党が過激派に転じて美月を攫う計画はあった。しかも高確率で一度は身柄を確保したようだ」

「やはりあいつらが……」

ヴァレリーの話によれば、今回の黒幕は、穏健派のナザーリオ総大司教に反発する過激派の大司教の誰かではないかと言う。

「ただ、その場合は即座に『錠前』の変更が行われるはずだ。ということは、攫ったのが過激派でも、少なくとも今、美月を確保しているのは穏健派または中立の立場の人間の可能性が高い。だが中立派が彼女を確保するメリットは今の時点ではない」

ヴァレリーは髪の毛をグシャリと掻き上げて、もう一度ため息をついた。

「まあ、そういった政治的な意図なく、私利私欲で美月を捕らえそうなのは一人しかいないが……」

　その言葉にイサックは、マルーンでの出来事を思い出し、ギリと唇を噛みしめる。血の味を感じて不快感に舌打ちをした。

「だが確固とした証拠もないのに捕らえられるわけもない。今はせいぜいあの司祭の監視を強めるくらいしかできないが、騎士殿は美月が攫われた翌日、王宮でエルラーンに会ったんだろう。その時の様子はどうだったんだ？」

　ヴァレリーに尋ねられて、イサックは謁見の間で見たエルラーンの姿を思い出す。

「表面上はいつも通りの胡散臭い穏やかそうな顔をしていたが、俺はあの男こそが今回の実行犯だと確信している。その場で捕らえることができなかったのが腹立たしかったが、教会が関与していないと主張するのなら、近衛騎士団による監査を教会組織の内部に入れることを、ナザーリオ総大司教に了承させた」

「エルラーンの管轄している教会と孤児院は近日中にでも、調査が入る予定らしいな」

　本来ならばあの男の管轄を最優先で調査したいところだが、逆にエルラーンの元に美月がいるのであれば、命の危険は少ない。一番危険と思われる過激派の残党周辺から調査に入る方がいいだろうと判断されたのだ。

「だが近衛騎士団の監査という形ならば、魔導士ギルドに所属する俺は同行できないな。何か情報があれば、その都度また知らせてくれ。どんなに小さなことでも構わない」

　ヴァレリーはそうイサックに言うと、寸暇を惜しむように、閉じた空間を使って王都に戻って行った。

イサックは深いため息をつき、眠れるわけでもないのに二人の寝室に戻っていく。扉から入ってすぐに置かれている長椅子には、美月用の大きな膝掛けが掛けられている。寒くなってきたので、イサックが取り寄せて美月に送ったものだ。長椅子に横になっても体を覆えるほど大きい。軽くて暖かいと言って美月が喜んで笑っていたのは、ほんの数日前のこと。二人並んであの膝掛けにくるまれて、お茶を飲んでから幾日も経っていないのに。

「……美月。一体、どこにいるんだ……なんであの時俺は……」

後悔はつきない。あんな子供なんて放っておけばよかった。だが美月は親切で人を疑うことを知らない。そんな彼女の心の美しいところも、イサックはたまらなく愛しているのだから。

（今、美月はどうしているのだろうか）

国王から圧力を掛けられている状況で、即座に彼女の命を奪える人間は今の教会関係者にはいない、とヴァレリーには言われた。そもそも教会の教義では、人を殺めることは最大の禁忌である。だがたとえ無事だとしても、美月がどのような精神状態にいるのかが心配でたまらない。マルーンでの出来事を思い出し、全身が震えあがるような恐怖を感じる。あの時のようにつらい思いや苦しい思いはしてないだろうか。少しでも早く見つけて、もう二度と、自分の腕の中から出さないようにしてしまいたい。

『私はイサックのものだから。もう誰のものにもならないから』

そう誓った二人の寝室のベッドにイサックは一人横たわり、あの日の月明かりに照らされた美月の思いつめたような表情を思い出す。

（『錠前』であろうがなかろうが……美月は俺の一番大切な女性だ）

美月が美月であればそれでいい。ただ無事でいてほしい。たとえ誰かに奪われ傷つけられることがあっても、自分の元に帰ってきてくれればそれだけでいい。慰めるのも癒すのも自分以外の誰かにさせる気はない。これから長い間、一生傍に居続けるのだ。何があっても支え続けるから戻ってきてほしい。気が狂いそうなほどの焦燥感を覚えながら、イサックは美月がいつも愛おしそうに見つめる暁色の瞳を閉じる。

『イサック、貴方だけを愛してる』

ふと耳元で、美月の優しい声が聞こえた気がした。

※　※　※

美月は深いため息をついて、窓から見える景色を見下ろしていた。孤児院の女の子たちが収穫物を見せ合っている。みんな笑顔で楽しそうだ。

だがこの孤児院の責任者であるエルラーン司祭は、美月を王立魔法図書館の魔導書を手に入れるための道具とみなすような非情で冷淡な人間だ。マルーンの事件の時には、恐ろしい術式を体内に埋めて、美月の記憶すら奪おうとした。温かいとか親切だとかそういうイメージは全くない。だが、ライラに言わせると全然違うらしいのだ。

「ここの孤児院には女の子しかいません。男の子は小さな頃から労働力になるから引き取り手がいるけれど、女の子にはそんな価値はないからって、教会の孤児院でも女の子は積極的に引き取ってこなかったのです……」

見目の良い子の中には教会に仕える神の巫女として引き取られる子もいるが、それ以外の普通の女の子たちは育ててくれる親がいなくなれば、食べるものにも困り、飢え死にすることが多いらしい。生き残ったとしても大人の暴力による犠牲者になる女の子も多いと聞いて、その痛ましさに、安全で豊かな現代日本で育った美月は憤りを感じる。

「だけど、エルラーン司祭は教会を説得し、そういう女の子たちのために孤児院を作ってくれたんです。おかげでみんな安心して生活できるようになりました。しかも教会の聖典が読めるように、読み書きも教えてくれて。そういう子たちが大人になれば、普通の仕事につけることだってあるんです。結婚して母になり、自分の子供をきちんと育て、その子供たちがまた、教会の熱心な信者になるから長い目で見れば教会の得にもなるのだ、と教会を説得してくれたそうです。もしこの孤児院がなかったら、孤児の女の子たちは、大人たちに利用されて、幸せな時間なんて知ることもなく、皆ボロボロになって死んでしまっていたかもしれないんです。でもここにいれば美味しい食事と温かい寝床が与えられて、仲間と一緒に笑って過ごせる。地獄みたいな生活をしていたことを思い出せば、今はどれだけ幸せなのか……美月さんには理解できますか？」

前の『鍵』候補だったあの男もエルラーンが密かに毎日面倒を見ているらしい。かつての兄弟子だったとしても、そこまでする人が冷たい人だと思うか、とライラは問う。

　だが美月自身は攫われて、彼の元で監禁されている。優しい人がそんなことをするわけもない、だから美月の中で、エルラーンは教会と教義のためにならなら何でもやる男、というイメージだ。でも確かに教会があるからこそ、救われている命がある、ということは事実なのかもしれない。美月がそう認めると、ライラは真剣な目でじっと見つめて言葉を繋ぐ。

「確かに美月さんを攫ったのはエルラーン司祭様ですけど、それにはいろいろと事情もあるのです。実際、貴女の命を守るために、ご自身が所属されている組織を裏切って匿っているのだから」

「だったら匿う代わりに、私をイサックの元に返してくれたらいいのに……」

「エルラーン司祭様の立場なら、それができないのも仕方ないと思います。それに司祭様自身の想いもあると思うし……」

　言いかけて、ふっと目を伏せた。そんな時の表情も、そして会話を交わせば交わすほど、ライラの見た目の年齢に美月は違和感を覚える。

「……ねえ、ライラって本当は何歳なの？」

　ふと尋ねると彼女は小さく笑みを浮かべて、そっと美月から視線を逸らした。

「……たぶん見た目よりはずいぶんと年を取っていると思いますよ。でもそんな気持ちの悪い私ですら、エルラーン司祭様は、こうしてみんなと一緒に生活させてくれるのです。親と死に別れてずっと一人だった私にも、司祭様は他の人と生きていける場所を作ってくれたんです……」

　それ以上、ライラは自分について何も教えてくれなかった。ただ美月がわかっているのは、ライラだけが竜の世話をできることと、見た目の年齢と違う時間を生きている存在らしいということだけだ。その二つは何か関係があるのかもしれないが、美月はそれ以上彼女から何も聞きだすことはできなかった。


　日が暮れて、美月はまた一日、無為な日を過ごしてしまったと、胸の中にチリチリと溜まる不安感をそっと吐き出す。しばらくすると外ではエルラーンがやって来て、子供たちが嬉しそうに彼に話し掛けている。収穫した果物を見せると、エルラーンは優しい笑顔を浮かべて、子供たち一人ひとりの頭を褒めるように優しく撫でた。ますます嬉しそうに微笑む子供たちの様子を見て、あの子たちが笑顔でいられるのは、教会とエルラーン司祭が、孤児院の中で守っているからなのだ、と改めて思う。

（やっぱり教会だけが悪い、って単純に結論づけられる問題ってわけでもないんだよね。きっと……）

　エルラーンが最後にライラに何かを言うと、彼女はライナスと子供たちを連れて孤児院に戻って行く。

　彼女たちを笑顔で見送ったエルラーンは、塔の入り口に向かってきた。コツコツと塔の階段を登る音がして、鍵が外されると同時に扉が開く。美月は見たくもない男の顔を見て、顔を顰めた。

「食事を持ってきましたよ。美月」

朝昼はライラが持ってきてくれるが、ここ数日、夕食はこの男が持ってくるのだ。

言葉もなく小さく頭を下げて料理を受け取る。食事を始めようとすると、神に感謝を捧げるように言われた。

「私は、ここの神様を信じていませんから……」

それだけ言い返し、いつも通り手を合わせて「いただきます」と言って食事を始める。

彼はじっと彼女が食事をするのを見つめている。たまにポツリポツリと声を掛けてくることもあるが美月はほとんど無視していた。そんな美月の様子を見て、エルラーンは深いため息をつく。

「……結局貴女は私に心を開く気はないのですね」

こんな風に攫ってきて、自由を奪い襲い掛かってこようとした人間に、心を開く人がいるはずがない。

ちなみに美月の毎日の食事は孤児院の子供たちと同じものであるらしい。質素ではあるが、子供たち自身が一生懸命育てた野菜は滋味深く美味しい。けれどライラと一緒の時は味がわかるのに、彼がそばにいると警戒心が強まるのか、味が一つもわからない。エルラーンは黙って食べ終えた皿を片づけたあとも、美月の元を離れない。そのままずっと部屋に居続けるのだ。仕方なく美月はここ数日彼が来るまでに入浴を済ませることにした。

目の前にイサック以外の男性がいるのに、風呂に入るなんてことは絶対に避けたい。

なので食後にすることはほとんどない。黙って読書をし、ライラに頼んで用意してもらった編み物をして時間を潰す。だがエルラーンは美月が長椅子に座っても、ベッドの縁に座っても、常に彼女の隣に座ろうとする。ベッドの上はさすがに耐えがたいので、仕方なく長椅子に座り続けるしかない。

「近づかないでください」

「貴女は私の虜囚ですから」

どこか小馬鹿にした風に唇の端に笑みを浮かべる。その態度が美月の気持ちを逆撫でることがなんでこの男には理解できないのだろうか。髪に触れる男の手を払いのける。

「貴女の黒髪は本当に美しいですね……」

それでも懲りずに彼は髪を撫で続ける。美月は苛立ちで眉間にしわを寄せて、エルラーンを睨みつけるが、彼は気にもしていない様子だ。怒鳴り声を上げたくなる衝動を堪えて深呼吸する。一度本気で抗った時には、再び両手を拘束されて、そのままベッドに引きずり込まれ、服こそ脱がされなかったものの、一晩中好きなだけ触られて、そのまま朝まで同じ布団の中で寝る羽目になってしまったのだ。

いくら優し気な声で甘い言葉を囁かれても、そんな意味不明なことをする人間を好きになることは絶対にない。

美月は彼を怒らせない程度に対応し、時間が過ぎ去っていくのを待つ。そしてそんな苦行に耐え切れず、大概は早めに就寝することになる。

「あの……私、もう寝るので」

もう帰ってほしい、と言外に伝えるものの、エルラーンはその場を動くこともない。美月は大きくため息をつく。このところ毎日のように美月が眠りにつくまで彼は横にいるのだ。添寝をされることはさすがに拒否しているが、美月が寝つくふりをすると、額に口づけを落として帰っていく。

（……この人は何を考えているのだろうか……）

こんな風にしているうちに、自分が絆される、と思っているのか。だが美月の気持ちの中にいるのは恋人であるイサックだけだ。その彼の元から無理やり攫ってきた張本人を憎みこそすれ、良い人などと思うわけがない。

美月は部屋を出ていくエルラーンを薄目を開けて見送ると、ランプを持った彼が森の中に消えていくのを窓から確認して、ようやく安堵の息をつく。

きっとエルラーンも気づいていることだろう。事態が膠着《こうちゃく》していることを。

（私を捕らえていても何のメリットもないのに）

どうにかしてここから逃れる方法はないのか。誰かに何とか連絡が取れないかと、今日何度目かの思案をするものの、相変わらず窓は開かずドアも開かない。万が一外に出られても、そこには竜がいて襲われるらしい。

「でも、イサックは私のこと、探してくれているよね……」

たぶんミーシャやアルフェ王子、ヴァレリーも協力してくれているに違いない。こんなことになるなら、役に立ちそうな魔導をもっと習っておけばよかった、と思いつつ、美月は彼の姿が完全に見えなくなったことに安心して、ようやく眠りにつくことができる。

明日には……何か良い変化があることを祈りながら……。

※　※　※

「それではおやすみなさいませ……」

エルラーンが戻ると、ライラは部屋で面倒をみていたライナスを彼に預けて自分の部屋に戻っていく。美月のところから帰ってくると、エルラーンはいつも苦しげなくせに何故か幸せそうな顔をしている。自分では自覚をしていないのだろうが、エルラーンは美月に恋をしているのだ、とライラは気づいている。

ふぅっと小さくため息をつく。本当であれば、エルラーンは美月を攫って自分の『錠前』に仕立てるつもりだったのだろう。それが何かのせいで阻害されている。普段の彼であれば、不要と判断すれば冷静に物事を処理し、他人に対して情けもかけない。神にとって、今の美月が役に立たないと判断するのであれば、処分するなり、元いたところに返すなりするはずなのだ。なのに毎晩のように彼女の元を訪れて、二人きりの時間を過ごし、時には朝まで戻ってこなかったりもする。そして戻ってきたあとも、未だに洗濯されていない美月が最初に着ていたドレスを抱いて寝ているらしいのだ。

（司祭様も自分の想いを認めたら、楽になるのかな……）

それでも、美月は図書館にいる唯一の恋人である騎士だけを望むのだろう。ライナスと同じ罠に堕ちていくエルラーンを見ているのが辛い。いっそ……美月がいなくなってしまえばいいのか。

（私は神様より、エルラーン司祭様の方が大事なのですよ……）

ライラは扉の向こうにいる自分の魂の救い主に心の中で語りかけて、ゆっくりと踵を返す。今までずっと自分の傍にいることが当然だと思っていた人が、他の女性に心を奪われて、拒絶されても想いを捨てきれない様子を見ていることが辛い。

それでも明日の朝には美月の元に食事を届けなければいけない。そしてエルラーンに黙って、今日こそ美月を処分すべきか葛藤するのだろう。足音すら立てずにライラは孤児院の子供たちが眠っている部屋に帰っていく。五年前も、十年前も、エルラーンが森に一人でいるライラを見つけてここに連れてきてくれてからずっと、彼女はいろいろな孤児たちが成長して巣立っていくのを見送りながら、エルラーンと一緒に生活してきたのだから。

第五章　塔の上の『錠前』は救いを求める

翌朝、食事を持ってきたライラは、美月が食事を終えると、にっこりと笑う。

「ねえ、美月さん。目を瞑って両手を前に出してください」

楽し気に言われて、何か持ってきてくれたんだろうか、とライラにはあまり警戒心を抱かない美月は、素直に目を閉じて両手を差し出す。次の瞬間、ガチャリ、という金属音と共に手首が引っ張られるような感触を覚えて、慌てて目を開けた。

「……なんで、こんなことするの？」

美月は自分の両手首に手錠がついていることに気づいて、呆然とする。目の前の可愛らしい幼女は申し訳なさそうな顔をしながらも、流れるような素早い動きで美月の手首を鎖でベッドに繋いでしまった。

「だって……エルラーン司祭様にお願いされたんですもの、ごめんなさい」

美月は慌ててそれを引っ張って外そうとする。一メートルほどの長さがある鎖は、美月の手錠と繋がっている。ジャラジャラという音が重たげで、簡単に外せるようないい加減な作りではなさそうだ。美月はそのことを確認して、ざぁっと血の気が引いた。

「これ、竜の子供でも引きちぎれない鎖なので、美月さんには絶対外せないと思います」

見た目だけは申し訳なさそうに肩を竦めると、彼女は窓の外に視線を向けた。

「でも安心してください。ずっとそのまま、というわけではありません。今日、近衛騎士団の監査が孤児院に入るのです。その間貴女が大人しくしているように、ということで拘束させてもらいました。この部屋は中の物音が外に漏れないように作られていますから、多少暴れても外の人は気づかないはずですけど、念のため、だそうです」

「え、ちょっと待って。これってどれだけの間、この状態なの？」

焦った美月を安心させるように小さく笑みを浮かべて、ライラは普段通り片づけをし、水差しとコップだけ美月の近くに置くと、何も答えないまま静かに部屋を出ていった。

「ちょ、ちょっと！」

美月が声を上げげた時には、ガチャリといつも通り鍵の掛かる音がする。

慌てて窓の方に駆け寄って外の様子を見ようとすると、鎖が引っかかって、窓際近くまでは行けない。

（それでも外の景色はぎりぎり見られるみたいだけど……）

近衛騎士団が来るのであれば、救ってもらえる最大のチャンスだ。でもこんな風に拘束されていたら、注意を引くアクションを起こせないだろう。

（監査って……イサックも一緒に来るのかな）

少なくとも孤児院の管理者として、エルラーンの名前があるのならば、イサックは自分自身の目で確認しに来ると思う。そしてそのことをエルラーンも理解しているのではないか……。

(だとしたら、見破られない自信があるってことなのかな……)

美月をどこか別の場所に移動しないということは、ここが一番安全だ、と彼は思っているのだろう。それでもなんとか、自分がここにいるのだと伝えなければ。美月は窓の外を睨みつけながら頭の中でいくつかできることを考え始めた。

※　※　※

だが待てど暮らせど、それらしき人物の姿が見えてこない。既に昼を回り、食事をしてない美月は落ち着かない気持ちで再び外の様子を窺う。

(……もしかして孤児院の方の監査だけで、ここまでは来ない可能性がある、ってこと?)

だからこそ自分はこの場所で、手枷だけされて放置されているのだろうか。ジワリと嫌な考えが頭の中を支配する。そもそもこの塔自体、孤児たちだっていつも来るわけではなく、数日に一度、森の中に入ってきた時に近くを通るだけなのだ。登録をされていなければ、この辺りのうっそうと茂った高い木々に囲まれて、塔の存在すら認識されていないのかもしれない。

期待していた分、一気に落ち込んでしまった。美月はどさり、とベッドに腰を下ろす。

気づけば緊張に喉がカラカラになっていた。小さく苦笑を浮かべて水差しから水を入れて飲む。動くたびにジャラリと不快な鎖の音がして、深く眉を顰める。

「イサック……お願い、ここの存在に気づいて……」

思わず両手を握りしめて、祈るように声を上げていた。刹那、見慣れたものが舞い降りてくるのが窓から見えて、思わず立ち上がる。

「……ターリィ？」

大きな声を上げてしまった。それはイサックの愛竜の姿だ。当然その背にはずっと会いたかった人が騎乗しているはずだ。

術式を唱え、目を凝らして、その人を確認する。黒い長い髪を後ろで一つに結んでいる長身の男性は……。

「イサック、私、ここにいるの！」

とっさに限界まで窓に近づこうとして、手枷に足を止められる。つんのめって転びそうになり、手枷に捕らえられた手をギリギリまでベッドの方に残したまま、振り返るようにして愛おしい人の姿を確認しようとした。

次いで何匹かの竜が降りてくる。どうやら近衛騎士団の竜騎士たちを引き連れて、イサックは孤児院だけでなく、その森の辺りを見回っていたようだ。

（よかった。イサックが見つけてくれた……）

一気に力が抜けた。どうやら塔が見えないとか、そう言うたぐいの魔導が掛けられていたわけでもなさそうだ。せめて彼が来ているなら、少しでもできることを、と美月は考えていたことを一つずつ実行してみる。

「イサック！　聞こえる？」

まずは叫んでみる。何度か叫んでみても、こちらに気づく人間はいないようだ。

（やっぱり私の声は外に聞こえていないんだな……）

ライラもこの部屋は外に音が漏れないように作られていると言っていた。落ち込む美月だが、外で話している男たちの声は部屋の中まで聞こえてくる。

「こんなところに塔があるという報告はなかったぞ。中を確認しろ」

「ああ、孤児院で竜の世話をしているという話は報告に上がっていたが……ダメだ、鍵が掛かっている。誰か鍵を取りに孤児院に行ってこい。責任者の男も連れて来るんだ」

「分かりました。竜に同乗させ連れてきます」

その途端、外で聞いたことのないような獣の唸り声が聞こえてきた。

「野生の竜たちが集まってきたな。あまり刺激するなよ」

騎士たちの警戒する声が聞こえる。どうやらライラ達が言っていたようにここは野生の竜の住処らしい。それでも竜騎士たちが竜を連れているせいか、騎士達が襲われることはないようだ。

美月はその隙に、と自分のできる魔導を一つずつ行ってみる。まずは暗闇で灯りをつける魔導。

（塔の中が明るければ気づいてもらえるかも……）

そう思って試したものの、塔を睨みつけているイサックの視線は美月がいる窓の辺りまで上がることはなかった。自分には彼が見えているのに、彼からは全く自分が見えていないのだ、と気づいた瞬間、ぎゅっと胸が痛み、苦しい気持ちになる。しかも遠目からでも、イサックの目は落ちくぼみ、疲れ果てた表情をしているのがわかる。

（体調……悪そうだな。私のことを心配して、夜もちゃんと眠れていないかも）

手枷で自由を奪われ、魔導で音を封じられた部屋に閉じ込められていることが恨めしい。悔しくて何か気づいてもらえる手立てがないかと、部屋の中を見渡すと、ベッドサイドに水差しが置いてあることに気づく。

（これなら……窓まで届くかも？）

手枷と鎖は邪魔だけれど、両手を使って水差しを窓に向かって放り投げた。カシャンという音がして、ギリギリ窓に届いた水差しが割れて、辺りに陶器のかけらが飛び散る。けれどもイサックの視線は少しもこちらには向かなかった。

（やっぱり……音は聞こえないんだ。もしかしたら外からは、この部屋の窓すら見えてないのかも？）

イサックの視線は塔のあちこちに向くが、やはり自分のいる辺りまでは視線が上がってこないのだ。嫌な予感が胸にこみ上げた瞬間、騎士と共にエルラーンが竜に同乗させられてやってくる。

「ああ、すみません。塔についてては報告がされてなかったのですね」

穏やかに答えるエルラーンは、腰のチェーンから鍵を出す。

「竜の食料などを一時的に保管している塔なので、あまり綺麗ではないですが……。良かったら中を確認していただいて構いません」

鍵を開けて塔の中に入ってきたらしいエルラーンの声は落ち着いている。

「……だそうだ。隅から隅まで捜索してくれ。塵一つでも、気になる痕跡があれば、俺に知らせろ。もちろんザナル王にも俺の方から報告する」

「イサック様、かしこまりました」

真下から聞こえる声に、美月は床にぶつけられるものがないか必死に探す。階段を登る足音が聞こえて、イサックの声がさらに近づく。

「この上には何かないのか？」

咄嗟に美月はコップを床にたたきつけていた。

「イサック、私、ここにいるのっ！」

大きな声を上げると、エルラーンの落ち着いた声が重なる。

「ええ、外から見てわかっていただけたと思いますが、この塔の高さはここまで。上には屋根があるのみです」

その言葉に思わずヒュッと喉が鳴った。外から見てこの塔には自分のいる部屋があるようには見えないのか。だとしたらさっき窓に視線が向かなかったのもそのせいなのだろうか。この塔自体に目くらましのような魔導が掛けられている可能性もある。

美月は思わず叫び声を上げていた。

「イサック、私、ここにいるの。気づいて！」

喉の中で鉄っぽい味がする。声を上げ過ぎて血管が切れたのかもしれない。それでも、叫ばずにはいられない。

「お願い、気づいて。誰でもいいから！」

けれど、魔導の壁は厚く、美月の必死の叫びにも誰も何も反応をしない。

「特に問題ありません」

「こちらも特に気になる点はありません」

次々と上がってくる報告に美月はすでに枯れ始めた喉に鞭を打つようにして、もう一度大きな声を上げた。

「イサック、私、すぐ上にいるの。助けて！」

何度も何度も声を上げているのに気づいてもらえない。イサックの声には苛立ちはあっても、何かを発見した様子は伝わってこない。

「…………わかった。これ以上の探索は無駄なようだ」

それでも、ずいぶんと長い間、彼は美月の痕跡を探していたようだった。美月は何度も声を上げ続けて、とうとう声が掠れて出なくなっていた。

（……なんで、気づいてくれないの……）

来た時と同じように扉の開く音がして、彼らが塔の外に出てくる。既に日は傾きかけて、夕刻が近づいていた。

「エルラーン司祭、協力ご苦労であった」

近衛騎士隊長らしき人間がエルラーンに声を掛けると、柔らかい笑顔で首を左右に振る。

「いえ、お役目お疲れ様です。早く……美月殿が見つかるとよろしいですね」

エルラーンの優し気な声は、本当に美月を案じているように聞こえて、自らここに美月を監禁している男の言いようには思えない。

「…………美月は」

一歩エルラーンの方に足を踏み出したイサックは、拳をきつく握ったまま、それを振り上げることもなく、大きく息を吐き出す。ゆっくりと視線を塔に向けて言葉を続けた。

「俺の『錠前』は、俺が見つける。どんなに巧妙に隠しても、たとえ神隠しのように思えたとしても、美月が戻って来たいと思うのが、俺の腕の中であるのなら、絶対に取り戻す」

暁色の瞳がゆらりと燃え上がるような光を宿す。空と塔の上を見上げた彼の視線が窓越しに届いたような気がして、絶望に堕ちかけていた美月の心に小さな炎を灯した。

「では、彼女が貴方のところに戻って来たい、と思わないのであれば、諦めるのですか？」

エルラーンが挑戦的な光を視線に浮かべて見上げる。美月は魔導で視力を強化しながら、二人の様子を注視する。

「……美月はいつでも俺のところに帰ってきたい、と言う。……一途な女だからな」

視線が窓越しの自分に向いたような気がして、美月は胸の前でぎゅっと手を握りしめた。そういえば、さっきから試そうと思っていた魔導の一つを思い出して、美月は愛おしい人を見つめた。

「体調の悪そうなイサックに、回復の魔導を……」

小さな声で術式を唱える。この塔が魔導を遮断するのなら彼には届かないかもしれない。でも祈りはきっと彼に通じると思う。瞬間、ふっとイサックは微かに笑みを浮かべた。

「俺はいつでもどこにいても美月を迎えに行く。だからもう少しだけ……」

微かに彼の唇が動く。美月はそれが『待っていてくれ』と動いたような気がした。

※　※　※

とはいえ、イサックは美月を救い出すことはおろか、存在に気づくこともなく、ターリィと共に去って行ってしまった。美月は声が出なくなってしまった喉の痛みに眉を顰める。せめて水でもと思ったが……。

「そっか、さっき投げつけちゃったもんね……」

水差しを叩きつけた床は濡れている。拭かなければと思ったけれど、そんな気力は湧いてこない。久しぶりにイサックの顔が見られて嬉しかった。けれどようやく出会えた人が自分に気づかず立ち去ってしまったから、孤独感は否応なく増している。疲れ果てたようにベッドに横たわると、緊張から解放されたせいか、どっと力が抜けていく。息を吸うだけで喉がひりつく。ズキズキと痛みが増していくようで、目を瞑った瞬間にポロリと涙が零れた。

(イサック、本当に迎えに来てくれるんだよね、私、信じて待っていて……いいんだよね)

思わず不安で涙が零れる。枕に涙が染み込んでいく。先ほど見かけたイサックの姿が夢だったのではないかと思うほど、室内はゆっくりと暗闇に支配されていく。

「待っている、から……」

そう呟いて目を閉じると、ゆっくりと意識が溶け堕ちていくような感覚に身をゆだねた。

「……しようのない人だ。こんなことをしても無駄なのに……」

微かに聞こえた男の声に、美月は薄目を開けて様子を窺う。割れた水差しの破片をエルラーン司祭が拾っている。既に日は落ちていて、窓際の机にはランプが置かれていた。

「んっ……しまった」

小さな声を上げてエルラーンが自分の指先を確認する。そこには真っ赤な血の球が浮いている。咄嗟にそれを口元に運んで吸い上げてから、もう一方の手で水差しのかけらを片付けるとゆっくりとこちらを振り向いた。

「貴女は寝たふりが下手ですね」

ふっとこちらを見て男が笑みを浮かべる。ゾワリと本能的に恐怖を感じて声を失う。

「……貴女の大切な人はもうここには来ませんよ。私の管理している場所に貴女がいないと確認できたようですから」

　ひどく冷淡で、どこか嬉しそうな笑みを浮かべてエルラーンは歩み寄ってくると、美月の手枷と繋がっている鎖を掴んだ。

「ところで、『錠前』の行方が完全にわからなくなってしまったので、コンスタンチノ大司教を中心とした過激派は本格的に『鍵』の命を狙うことに決めたようです」

　ベッドで動けなくなっている美月の目をじっと覗き込んでエルラーンは瞳を細めた。柔和に笑っているように見える目の奥は暗く、同じ色の闇が広がっているように思える。

「イサックは……騎士としても強い人ですから、教会の過激派なんかにやられません」

　掠れ果てた声で美月が応えると、彼は一瞬目を見開いて、それからため息を零し苦笑を浮かべた。

「声がそんなになるほど……必死に彼の名を呼んだのですか？　ここで何を叫ぼうと、彼には一切届かないと知りながら……」

　エルラーンの言葉に先ほどの悔しさがよみがえってくる。

「彼は大切な貴女がすぐ傍にいることになど、気づかずに立ち去って行きましたよ」

　そう言ってエルラーンは美月をさらに絶望の淵に追い込んだ。美月は血がにじむほど唇を噛みしめて、深淵の闇を抱えたエルラーンの瞳を真正面から睨み返す。彼は彼女の視線を受け入れると満足げにくつくつと笑う。

「確かに彼は騎士として一流の腕を持っているかもしれません。ですがいくら強くても無意味なのです。……美月、貴女はイサック殿の幼馴染みの、信心深い女性のことを覚えていますか？」

その言葉に美月はマルーンの屋敷にいたイサックの乳兄弟ケイトを思い出す。

「彼女はそうとは知らずに私に協力していたことがあります。教会の信徒はどこにでもいますし、基本的に純朴で疑うことを知りません。なにより教会に対して、常に誠実であろうと努力しています。ですからイサック殿に、ちょっとした贈り物をすることが必要だ、と言い聞かせれば、どんな悪意が込められたものでも、純真な笑顔と共に、イサック殿に差しだすでしょう。その結果が彼にどんな運命をもたらすとしても……」

滴るような悪意を、エルラーンは清廉な笑顔のまま伝える。美月はクッと奥歯を嚙みしめて、男の顔を睨みつけた。

「そんな顔をしても無駄です。何故ならイサック殿は貴女を探し出そうと必死ですからね。正直、教会内部のかなり危険なところにまで足を踏み入れているという情報も入ってきています。だからこそ、教会の過激派はイサック殿の命を本気で狙う気になったのです」

ゆるりと彼の手が美月の頰に伸びてくる。ふわりと撫でられて美月は息を吞んだ。

「私にすべてを奪われれば、貴女は『錠前』ではなくなる、と言っていましたね。でしたら私のものになりますか？　貴女が『錠前』でなくなれば、その『鍵』であるイサック殿が命を狙われる理由はなくなるのですから」

この間、美月が『錠前』ではなくなると伝えた時、その身を奪うことをためらっていたエルラーンは方針を変えたのか、手枷に繋がる鎖をベッドヘッドに繋ぎ、再び美月の自由を奪う。

「あの男の命を救うため、『鍵』という立場から解放するために、今から私に抱かれますか?」

「何を……言っているんですか?」

そもそもエルラーンは自分が図書館の『鍵』となるために、美月を攫ってきたのではないのだろうか。自分が『錠前』でなくなれば、彼にとっては価値がなくなるはずだ。美月は掠れた声でそう尋ねる。

「……どちらにせよ、貴女の行った魔導のせいで、私には選択肢があまりないのです」

彼は長く美しい指を折って数えながら、美月にいくつかの選択肢を示した。

「一つ目は貴女を殺し始末すること。もう一つは貴女の記憶を完全に消して放逐すること。三つめは私が貴女を抱いて『錠前』ではなくならせること。もちろん……もう一つの選択肢として、このまま貴女を監禁し続けて、イサック殿が殺されるまで待つ、という手もあります。イサック殿が殺されたあと、貴女は誰を『鍵』に指名するのでしょうね」

じっと覗き込んでくる黒い瞳に吸い込まれそうで、美月はぎゅっと手を握りしめて怯えに耐える。イサックの命を奪うという言葉に思わず首を左右に振ってしまった。

「一つ目。貴女を殺すことは教会の教えに反しますので選択できません。二つ目、貴女の記憶を消して放逐すること……これに関しては一考の余地はありましたが、メイデスティグを発動し、記憶を消し去るのには少々時間がかかります。完全に記憶を失うには一ヵ月ほど時間が必要ですし、今回の場合は間に合わないと判断しました」

エルラーンの髪が肩から滑り落ち、美月の頬を撫でた。冷たい熱、とでも言うべきか。矛盾しているが、そうとしか表現のしようのないギラギラした色を彼の瞳は内包していて、美月は息を呑むことしかできない。

「ですが、美月は最愛の男性の命が教会によって奪われるのを待つのは嫌だと言う。だとすれば、もう三つめの選択肢しか選ぶことはできないのですよ」

理解していただけましたか、と説法をするように低く深い声で囁かれて、美月は彼の言葉に反論しようとする。

「『錠前』でなくなれば、私は死ぬかもしれないのですよ」

殺生を望まないエルラーンにその言葉を繰り返すと、彼は小さく首を左右に振った。

「『錠前』でなくなるからと言って、そのせいで死ぬという可能性は低いでしょう。なにより貴女はイサック殿の命を救いたいのではないのですか？」

（私さえ……我慢してエルラーンを受け入れれば、イサックは殺されずにすむ？）

『錠前』でなくなれば、イサックとの絆の一番大きなものは、確実に失われるであろう。それに他の男性と通じてしまえば、イサックから嫌われるかもしれない。彼を苦しめることになるだろう。それでも、イサックがこの世からいなくなってしまうよりずっといい。

（それに……なんだか、ちょっとだけ疲れちゃった）

イサックが助けに来てくれる、と信じたい。けれど叫び続けて、声が出なくなってしまったように、救われると信じ続けることに気持ちが折れてしまっていた。

今日の去り際の彼の背中を思い出して、思わず呼吸が乱れる。あの背中を、もう二度と見られなくなるのだけは耐えられそうにない。それに今もイサックは命を狙われているのだ。あんなに疲れ果てた顔をしていた。攫われた自分のことばかり心配していて、彼自身のことはおろそかになっていないだろうか。

「……貴女は目を瞑っていればよいのです。少しの間だけ心を手放して、私にその身をゆだねてください。神は貴女の尊い自己犠牲を喜び、祝福してくださることでしょう」

朗々と紡がれる言葉に美月はそっと瞳を閉じた。同時に体から力が抜けていく。ほろり、と涙が一つ零れた。

「……イサック……ごめんなさい。それでも私は……」

貴方がいなくなることだけはどうしても耐えられそうにない……。美月はすべてを諦め、嗚咽を堪えて戦慄く息を吐いた。

※　※　※

「……ほう、やはりか……」

美月の身柄を確保しているのは絶対にエルラーンだ。塔が怪しい。と主張するイサックの野生の勘はどうやら当たっていたらしい。

ヴァレリーは監査を終えたイサックから聞いた森の塔の前で、隠匿されているものを暴く術式を唱える。すでに日はとっぷりと暮れている。竜たちも巣穴に帰ったあとだろう。時間の猶予は少しならありそうだ。少々面倒な術式の詠唱を終えると、そこには先ほどまで存在してないように見えていた塔の上層部が見えてくる。

ちょうど……一階分くらいだろうか。隠されていた部屋の存在が見て取れた。美月を匿うには絶好の場所だといえるだろう。エルラーン司祭は孤児院も塔も全部好きに捜索させていたらしいが、上級魔導士でもなければ、実在する塔の上に、魔導で隠された部分がある、などということは感知できないに違いない。それに竜たちの住む森の中であるのならば、長時間滞在することもできない。これだけ巧妙に隠されていれば、短時間の滞在でこの塔を暴くことはほぼ不可能だろうと確信する。

「なるほど、誰が作ったのかは知らないが、ずいぶんと上手い隠し場所を持っていたのだな……」

遠くで竜の威嚇する鳴き声がする。

「そろそろ潮時か……」

そう呟きながらも、ヴァレリーは先ほどの術式を固定させる魔導をもう一つ重ね掛けする。これで半日程度であれば塔の上の部分は露出した状態が維持できるはずだ。

「さて。塔の上から姫君を救い出すのは、騎士と相場が決まっているからな……」

最後に塔の窓の防御魔術を無効化し、近づいて来る竜の羽音にヴァレリーは一歩足を踏み出す。次の瞬間、閉じた空間が彼を包み、竜がその場にたどり着く頃には彼の気配は宵闇の中に完全に消えていたのだった。

※　※　※

従順、といえばいいのだろうか。

いやすべてを諦めて、抗う意思すら失って、触れられれば怯えたように反応するだけになっている美月を腕の中に閉じ込め、まるで意思を失った人形に触れているようだ、とエルラーンは思う。

自分の望んでいたものはこれだったのだろうか、と虚しさに萎えていく自分の心と体を叱咤する。その時、塔の階段を駆け上る音がして、エルラーンは慌てて自らの服を整える。シーツを美月にかぶせると、ノックの音に備えた。

「エルラーン司祭様」

聞こえてきたのは、ライラの声だ。

「教会本部から使者が来ています。司祭様を探しているので、急いで孤児院に戻ってください。それに空で竜が騒いでいます。何かが近づいてきているかもしれません」

切羽詰まったライラの声に、ハッと視線を揺らした美月は、肌蹴られていた寝間着のボタンを直し、ベッドから起ち上がろうとしている。その目は自分を救いに来たであろう男を探しているように見えて、腹の奥から黒い感情が湧き上がってくる。

「エルラーン様、早くここから出てください。教会からの問い合わせに司祭様がいらっしゃらなければ大変なことに……」

その声に下に降りるための階段に繋がる扉の鍵を開ける。ふと気になって振り返ると、先ほどまで意思を失ったようだった美月が、期待を孕んだ表情を浮かべて、窓に向かって走っていこうとして、手枷に足を止められていた。それでも体をギリギリまで窓側に伸ばしている。まだ……何も見えない暗い空を見上げて、愛おしい男を必死に探している横顔が、あの男への慕情を感じさせて、悋気《りんき》の炎でエルラーンの胸を焦げつかせる。

「美月、たとえ貴女がここを逃れることができたとしても、『錠前』である運命からは逃れられませんよ。そして貴女があの男を『鍵』として望み続ける限り……死の危険と隣り合わせなのです。『鍵』を替えることは図書館と話し合いさえすればいつでも可能です。一番大事な者を失う前に……十分に考えた方がいい」

捨て台詞だ、とわかっていても美月に心をかき乱された自分は、同じような傷を彼女に与えたくて仕方ないのだ。

一瞬振り向くと、美月が自分の告げた言葉に顔を顰めていて、ほんの少しだけ溜飲を下げる。

「司祭様、早く！」

部屋に残る『錠前』に意識を奪われたまま、半ば無理やりライラに手を引かれて、エルラーンは階段を降りていく。

「私はここに残ります。司祭様は早く孤児院に戻られてください」

途中で足を止めたライラの言葉を背中で聞きながら、エルラーンは塔を出て森の中を走り抜けていった。

（教会本部に気取られた？　いや、そんなわけはない……）

何にせよ、直接申し開きをしなければいけないだろう。美月の存在を知っている人間は自分とライラだけ。近衛騎士団の監査さえ切り抜けられたのだ。ライナスの存在も教会から長年、隠し通せた。今回も美月さえ見つからなければなんとでもなる。

振り返らず孤児院に向かうエルラーンは、塔に掛けられていた隠匿の魔導が効力を失い、塔が本来の姿を現していることに、まだ気づいていなかった。

※　※　※

美月は立ち去る男の背を見送ると、辺りを窺うように視線を窓に戻す。何が起きているのだろう。だが少なくとも、エルラーンにとって不都合なことが起きているのは間違いない。そしてそれは美月にとっては都合のいいことに繋がる可能性が高い。

竜たちが騒いでいるというライラの言葉通り、夜の森は木々が騒めき、普段の静謐な空気とは違う気がして、美月はいつでも動けるように身なりを整え、重い鎖を引きずりながら、様子を窺うように、エルラーンが消えた扉を見つめる。

（この鎖さえ外れれば、今の隙に外に出られるかもしれないのに）

そう思った次の瞬間、奥でガチャリと鍵の降りる音がして、扉が開く。そこには何かを後ろ手に隠しているライラがいた。

「どんなことがあっても……エルラーン司祭様が望むのなら、私は貴女を逃しません」

後ろ手に隠したものを持って、じわりと歩み寄って来る幼女の鬼気迫る様子に、美月は思わず一歩後ずさりそうになる。その瞬間。

「美月、無事か！」

聞きなれた声とともに、ガシャーーーンと、とガラスの割れる音がして、慌てて窓の方を振り向く。二度、三度と反動をつけて、長い棍棒のような武器で窓を叩き、どうやっても美月が開けることができなかった窓を、誰かが叩き割っているようだ。

「美月、遅くなって悪かった。助けに来たぞ」

いつの間に雲が晴れていたのだろうか。竜に乗った騎士が、満月を背にして窓から美月に向かって手を伸ばしていた。シルエットだけでその人が誰かわかった美月は、安堵にじわりと目が潤んでいく。

「イサック、私っ」

手首がちぎれそうなほど、彼の方に体を寄せた美月を見て、彼女が自分のところに近づけない理由があることに気づいた彼は、竜を外に置き去りにして、壊した窓から部屋に飛び込んできた。美月が鎖と手枷で拘束されているのがわかると、腰に差していた守り剣を使って美月を捕らえていた鎖を断ち切る。

「美月、体は大丈夫か？」

「イサック！」

まだ手枷はついたままだが、鎖から解き放たれた美月は、体ごと彼の腕の中に飛び込む。頼りがいのある大きな体にしっかりと抱きしめられ、深緑の香りに包まれて、美月は安堵の吐息を漏らした。

「大丈夫です。イサック、助けにきてくれて……本当にありがとう。それにイサックも無事でよかった……」

零れる涙をぬぐってくれるその手がいつも通り優しいから、美月は自然と彼の胸に頬を摺り寄せていた。イサックの大きな手が宥めるように美月の背中を撫でたその瞬間。

「何をする！」

何かから美月をかばうようにして、イサックが体をひねる。彼の逞しい上腕の横を、何かがすり抜けたのを見て、美月は息を呑んだ。

「ライラ、何をするの！」

後ろを振り向くと、小さな弓をもったライラがこちらを睨みつけていることに気づく。

「なんで……こんなひどいこと」

ライラに鋭い視線を向けると、イサックは小さな幼女の姿を見て、はぁっと小さく息を継いだ。

「かすっただけだ。たいしたことはない。子供用の小さな弓矢だしな」

そう言うと一瞬眉を顰める。ライラに対して思うところがないわけではないのだろう。しかしそれ以上に安全とは言えないここから、すぐにでも離れたい様子だ。

服が割けて血がにじんでいるものの、彼が言った通り、かすり傷だったことを見て取ると、美月は安堵の息を漏らす。

「先に出た俺を追って、まもなく近衛騎士団が来るとは思うが……俺はお前の体が心配だ。一足先にここを出るぞ」

それだけ言うと、美月を抱き上げて、イサックは窓から外に飛び出す。窓の傍で待ち構えていたターリィに騎乗すると、竜は鳴き声を上げて高く舞い上がった。

明るい満月の下、ターリィは鳴きながら、塔の周りを一周する。改めて見ると、蔦が多くまとわりついて、森の中で目立たないであろう塔の姿を、よくイサックは見落とさなかったものだ、と思う。

「さっきは悪かった。この塔には隠匿の魔導が掛かっていたらしく、お前がいる一番上の部分は目視できなかったし、下から塔に登った時にも部屋があるようには見えなかったんだ……」

「じゃあ……なんでわかったんですか？」

美月の言葉にイサックは一瞬眉を寄せて嫌そうな顔をする。

「ここにきて違和感を覚えたから、戻ってからすぐにヴァレリー上級魔導士に連絡を取った。あの男、すぐに塔の上に隠された部分があることがあることに気づいて、それを暴く魔導を使い、他の人間にもわかる状態にしてから、美月がここにいる可能性が高いと報告してきた。お前を見つけられたのも、あの魔導士のお陰だ。礼を言うんだな」

ホッとしたのだろうか、いつものようにほんの少し拗ねている様子が伝わって来て、美月は小さく笑う。久しぶりに自然と笑みが零れた気がした。

「……もちろんヴァレリーにもお礼を言いますけど、でも私を助けに来てくれたのはイサックだから……。竜に乗って窓を壊して、閉じ込められていた塔から私を助けに来てくれるなんて……」

耳元に唇を寄せて囁く。

「すごくかっこよかったです。いつだって私にとってはイサックが一番のヒーローなんだから……」

その頬にそっと唇を寄せる。一瞬紫色の瞳を見開いて、それから彼はクシャリと目元を緩ませて笑う。

「まったく……美月にはかなわないな」

そんな再会した恋人に相応しい会話をしていると、グルルル、という不穏な音が辺りに響いていることに気づく。ハッと視線を上げると、森からは成竜たちが姿を現し、威嚇するようにターリィに向かって声を上げる。

「あまり竜たちを刺激しないほうがよさそうだな」

ぎゅっと抱きしめられた腕の温かさに、美月は素直に頷く。いろいろな人の怨念がこもっているこの森にもう一瞬たりともいたくはない。

「はい、早く私たちの図書館に帰りましょう」

美月の言葉にイサックは目元を細めると、そっと美月の頬にキスを落とす。

「俺の司書殿の望むままに……」

その言葉と共に、竜は満月の空を懐かしい我が家に向かって駆け始めた。

第六章　幸福な時間はあまりにも短くて……

　図書館まで一気に竜に乗って駆け戻ってくると、ミーシャが図書館の前で美月を待ち構えていた。

「美月、大丈夫だった？」

「ありがとう。大丈夫よ」

　赤い目をした猫ウサギみたいなミーシャの柔らかい体をぎゅっと抱きしめると、図書館に戻ってきた、という安堵感で美月は泣き笑いの表情になってしまった。

「美月、薄着で移動してきたから体が冷えているだろう。風呂に入った方がいい」

　イサックのマントで包んでもらっていたけれど、室内で着る寝間着の恰好のままだったから、かなり体が冷えているのは確かだ。

「うん、お風呂の用意はできているし、先に温まった方がいいよね。けどオレもう眠いし、あとのことはイサックに任せておくけどさ……」

　ふふっと目元を細めてチュシャ猫のように笑うと、くるりと宙を舞うようにして、美月の頬を尻尾の先で撫でる。

「イサック……美月が帰って来て嬉しいのはわかるけど、無茶は禁止だからね！　お風呂にはゆっくり浸からせてあげてね」

　相変わらずイサックに対しては辛辣なミーシャに思わず笑ってしまった。イサックはミーシャからの信頼のなさに、ムッとした顔をしているけれど、美月が寒さに身を震わせたのを見て、慌てて彼女の手を取り、一瞬迷ってからふわりと抱き上げる。

「え、あの？」

「さっさと風呂に入れ。ミーシャに止められたから、俺は風呂の前で待機している……」

　そう言った次の瞬間、既に二人は風呂場の脱衣室にいた。イサックが図書館の騎士の魔導を使い瞬時に移動したことに気づく。

（そっか、ここにいる限り、安心なんだ……）

　この図書館の中では、助けを求めれば一瞬でイサックが空間を飛んで来てくれるし、ひとつの動作で複数人を制圧することもできる。そして図書館の施設をすべて掌握している精霊のミーシャがいるのだ。味方に囲まれた空間にいることに、ようやく安心して力が抜けてきたみたいだ。

「じゃあ、お風呂入ってくるね」

　一応塔でも風呂に入ることはできたけれど、いつ何があるかわからなくて、体の汚れを落とすだけで精いっぱいだったのだ。この奥の扉を開ければ使い慣れた風呂があり、手前のドアを開ければ二人の部屋がある。

「ああ、さっさと温まって来い」

　彼が指を一つ鳴らすと、いきなり服を全部奪われていて、ハッと後ろを振り向くと既に紳士的にこちらに背中を向けているイサックに苦笑する。

「すぐ風呂に行かないと今ここで襲うぞ。俺は美月に触れて、無事を確認したくてたまらないんだからな」

　冗談めかした彼の言葉に慌てて浴室に向かう。ざっと湯を掛けると、冷たい夜空を竜で飛んできたせいか、暖かいお湯がチクチクとした痛みを覚えるほど熱く感じる。ゆっくり足元から湯を掛けて、簡単に体を洗うと慌てて湯に浸かった。

『……美月、大丈夫か』

　二人が普段使うバスルームは部屋に備え付けられたもので、普通の家庭の浴室より少し広いくらいだ。ゆっくりと湯船で体を伸ばした美月に、扉の向こうからイサックの声が聞こえる。どうやら扉に背をもたれかけて話をしているらしい。浴室に彼の声がよく響く。

「はい」

　言葉を返して、暖かい湯を掬い、胸元に掛ける。自分の肌を見た瞬間、あの塔の上で行われた二度の狼藉を思い出して、ひくっと喉が震えた。あのままイサックが来てくれなかったら今度こそ、自分はあの男の好きなようにされていたのだろうか。

「あの……大丈夫です……」

　自分に言い聞かせるようにもう一度呟くと、扉の向こうのイサックの声が一瞬途切れた。

「……美月。お前にたとえ何があっても、俺の気持ちは変わらないからな」

普段の彼らしからぬ堅い声。

「何があったとしても、それはお前の責任じゃない。美月を守り切れなかった俺が悪いのだから……」

思いつめたような声音に胸がぎゅっと締めつけられる。何もなかったわけではないけれど、最悪の事態はなんとか避けられたのだ。それでもまったく何もなかったわけではないから、彼に言葉を返すことが難しくて、美月は思わず黙り込んでしまった。温かいお湯と、気遣ってくれる恋人の声と、そして誰もいない空間が美月の張り詰めていた気持ちを溶かしていく。

「……うぅっ……」

気づけば涙が零れ落ちるのと同時に、嗚咽が漏れていた。浴室に響く声を聞いて、初めて自分が泣いていたことに気づく。慌てて唇を噛むが、暖かい湯にぼろぼろと涙が零れ落ち、水紋が広がっていく。

「……美月？　そっちに行くぞ」

次の瞬間、イサックが浴室に入って来て、はっと顔を上げた。

「……泣くなら付き合ってやる。お前を一人で泣かせるつもりはない」

慌てて浴室の中に入ってきたイサックを見て、美月は急に涙が止まらなくて、思わず泣き笑いの表情を浮かべる。

「服、着たままで入って来てどうするんですか」

「いや、だが……」

咄嗟に飛び込んできてしまったらしい彼の気持ちが嬉しくて、手を伸ばしてその手を握ると、指先があまりに冷たくて、自分だけでなく彼の体も冷えていたことに美月はようやく気づいた。

「一緒に……入りましょうか」

「……ミーシャには黙っておけよ」

ふっと目尻に皺を寄せて笑う顔が、すごく優しい。彼は一瞬で服を消して掛け湯だけをすると、そのまま美月を抱きしめるように彼女の背中側から浴槽に入る。彼の体は冷たかったけれど、心がなんだか熱くなってくる。

同じ部屋で生活するようになってから、たまにこんな風にして二人で入浴していたのだ。攫われるまで普通だった生活の全てが、幸運な偶然の重なり合いの上に成り立っていることに美月は改めて気づかされた。

「……なぜ泣いてたんだ?」

どのように聞こうか散々迷ったのだろう。ゆっくりと彼の体が湯で温まってきたころ、改めてそう尋ねられる。

美月は小さく吐息をつくと、ポツリポツリと、エルラーンに攫われてからの数日について話し始めていた。

「そうか、あの術式を使ったのか……そこまで、あの男がお前を追い詰めたのか……」

イサックが固い声で呟く。

「もしかしたら、何か事故があって、今後私は『錠前』でなくなるかもしれない。条件によっては、強制的に向こうに戻されてしまうかもしれない。そうだとしても……」

美月が言いかけた言葉にぎゅっとイサックが背中から彼女を抱きしめる。

「本当は自分の体を一番に考え、デメリットがわからない術式なんて使うべきじゃない、と言うべきなのはわかっている。だが、そこまでして美月が自分を守ってくれたことを……俺は……」

ゆるりと濡れた指が頬を撫で、再び零れ落ちていた涙を拭う。そっと頤を引き寄せられて唇を合わせた。温かくて優しい唇が一度触れて、何度も繰り返すように触れ合って、美月はようやく彼の腕の中に戻ってこられたことに、今度は安堵の涙が溢れてくる。

「……いくらでも泣いたらいい。どんなに傷ついてもお前だけは俺の腕の中で癒してやりたいから……。たとえ何があったとしても、俺は美月を愛してる。お前がこちらにいられなくなるようなことがあれば、どんな方法を取っても、絶対に追いかけて行って、向こうでも一緒に暮らせるように約束する。だから傍にいることを認めてほしい」

優しくて深い声が耳元で響いて、涙が止まらない。美月は彼の言葉に頷く。

時折涙交じりのキスを交わし、慰撫するように大きな手が美月の髪に触れる。

「……ねえ、イサック、ここは痛くない？」

ようやく涙が零れなくなって、美月は彼に尋ねることができた。右手の上腕部には、矢がかすった真新しい傷がある。そっと触れて回復の術式を掛けると、既に血の止まっていた皮膚は傷を残しながらも再生していく。それを見て、イサックは左指で自分の肩の傷跡を確認する。けれど、そうしている左の前腕部には、獣の歯型の傷がまだ残っているのだ。

「私のせいで、イサックは傷だらけだね……」

それはマルーンで野犬から庇ってくれた時の傷だ。いつだってイサックは自分の身を挺してでも、美月を守ってくれるのだ。嬉しくて申し訳なくて、涙がまた溢れそうになった。

「……お前が傷つくよりはずっといい」

そっと唇を寄せられてキスをする。柔らかくて温かくて、触れ合うだけで幸せな気持ちになれるのは、イサックだからだ。彼だけが行える魔術のようなものだ、と思う。

「……だが、心の傷は外から見えない。美月自身も今、どれだけ傷ついているのかわかってないだろう。だからどんなことがあっても、お前のすべてを受け入れるから、いつでも俺を頼ってくれ」

柔らかく頬を撫でて、間近で心配そうな光を浮かべているアメジストの瞳を見つめていると、また涙が溢れてくる。

「……何をお願いしてもいいんですか？」

ぎゅっと胸が締めつけられる。何を望んでもいいのなら……。

「イサック、私を抱いてください。望まない人に触れられた記憶もすべて、イサックに上書きしてもらいたい。私の体も心も……全部貴方のものだって、確認させてほしいの」

はしたなくて、身勝手なお願いだと思う。それでも……。

「ああ、もちろん。お前が望んでくれるなら、俺もそうしたいと思っていた」

額を擦り合わせて、優しく口づけを返されて、温まっていた体より、心の中が熱を持つ。イサックは浴槽からそのまま美月を抱き上げると、二人のベッドに運んだ。

「……イサック？」

ベッドの縁に美月を腰かけさせると、イサックは片手に大きなタオルを持って、風呂上がりの水気を拭ってくれる。武骨な彼が優しく肌を拭ってくれるのが、嬉しくて気恥ずかしい。照れ隠しのように美月もタオルを手に取って彼の肌を拭う。一通り拭い終わると、彼は美月の持っていたタオルをさっさと取り上げて、彼女の前で床に膝立ちになり、そっと美月の頬を撫でた。

「嫌なことや怖いこと。少しでも不安になることがあれば言ってくれ。今晩は、ただ抱きしめて眠るだけでもいいのだからな……」

痛ましそうに見られるのがつらい。美月はイサックの手を引いて、自らベッドに横たわる。

「嫌だったら嫌だと言います。でも……それ以外は全部イサックのしたいようにしてほしい」

先ほどの話を聞いて、イサックは自分に触れることを嫌だと思っているかもしれない。

そんな不安が胸に渦巻いているからこそ、その言葉は口にすることができないけれど。

「不安なの。イサックが、私を欲しいって思っているって、私の心と体にわからせてください」

一瞬イサックが何かを堪えるような表情を浮かべ、次の瞬間、きつく美月を抱きしめた。

「俺のしたいように、と言ったな?」

掠れた声が耳元に熱を伝える。

「……ならお前の内側からすべて、心も体も俺だけの色に塗り替えてやる……」

荒い呼吸と切なげな響き。互いに熱い体を重ねて、美月はその逞しい背中に手を回してぎゅっと抱き着く。

「イサックが、好きなの。イサックだけ愛してる」

離れてみて、つくづく実感した。彼を求めて声が掠れるほど叫び続けた昼間のことを思い出すと、彼の腕の中にいられることがたまらなく幸せだった。

「美月、愛してる」

繰り返される想いを込めた言葉と共に、いくつもの口づけが落ちてくる。唇が触れ合うたびに体は熱を持ち、美月は体の中心で昂っている彼自身を感じて、ぞわりと愉悦が体を駆け上るのを感じる。

「早く、早く抱いてほしいの」

腰をゆすり、彼と触れ合う部分を刺激すると、イサックは眉を寄せて切なげな吐息を漏らす。伏せがちになった長い睫毛が震えて、彼の官能が伝わってくる。その表情が本当に艶めいていて綺麗で、ドキドキがさらに高まる。肩から胸へと、形を確認するかのように彼の手が触れる。

「あぁっ……気持ちいいの」

何の衒《てら》いもなく言葉が溢れる。彼と触れ合う部分がすべて、気持ちよくてたまらない。奪うように唇を重ねて、彼の存在を確認するように背中を指先が這い、筋骨のはっきりしたその体に触れて、記憶通りの彼の姿形を確認する。舌を絡ませあって、彼の手が美月の張り詰めた胸を覆う。

「美月、もっと……気持ち良くなりたいだろう？」

大きくて剣を握り慣れている少し硬い手に、感じやすい胸をやわやわと揉みたてられて、もう硬く起ち上がっている胸の先を食まれて、ビクンと体が震える。

「やぁ……ん」

思わず甘い声が上がる。優しく指の腹で転がされて、もう一方は唇で覆われる。静かな室内に、ちゅく、ちゅくという彼の舌が立てる淫靡な音だけが響く。

「ひゃぁんっ……ぁあっ……は、ぁんっ」

丹念に舐められ吸い上げられて、軽く歯を立てられる。それだけでジンと頭の奥が痺れてくる。お腹の奥がずくずくと疼いて、彼に触れられていることが心地よすぎて、素直に声を上げて啼く。

「美月の声は本当に可愛いな。もっと……いっぱい聞かせてくれ」

いつも優しいイサックの声が今日はもっと、甘やかすように糖度を増している。それでも愛撫はいつもより執拗で、胸だけでも達せられそうなほど、左右とも何度も啄まれて、舌と指の刺激を受け続けて、頭の中がどんどんトロトロに溶けていく。

「ねえ、もうっ……」

きっと感じすぎて、下半身はぐちゃぐちゃに溶けてしまっているかもしれない。胸を弄りながらも彼は緩やかに腰を動かして、何度も感じやすい芽に彼の硬いものを押し付けるようにする。感じやすいところをいくつも刺激されて、呼吸は喘ぎのように乱れ続けている。

「イサックのも……すごく硬いの。欲しい？」

わざと彼のお尻の部分に手を回して、硬く尖っている芽を彼自身にくりくりと擦りつけると、きゅんっとするような熱っぽさがこみ上げてくる
「あ、イサックのが当たって……気持ちいい」

屹立した彼の先が、お腹に当たってぬるぬると淫靡な感触になっている。きっとイサックも美月に感じて、先走りを溢れさせているのだと思う。

「こら、そうやって一人でイクつもりか？」

ふっと体を離されて、慌てて彼の腕を掴む。

「だめ、離れないで」

「美月のすべてを可愛がってやりたいだけだ。それに……イクなら勝手にイクな。ちゃんと俺がイかせてやる」

お尻に手を回されて、抱え上げられる。端正なイサックの顔が恥ずかしい部分に寄せられて、羞恥と期待で体が震える。熱を帯びた舌が美月の感じすぎている芽を舐め上げる。

「ひぅっ……ぁあっ」

耐え切れずに高い声が上がる。そんな美月を上目遣いで確認すると、彼は執拗にそこを舐め上げながら、指を蜜口で蠢かせる。

「ああ……ドロドロに溢れているな。気持ちいいか？　これから奥まで全部俺のものにしてやるからな……」

ゆっくりと指が差し込まれて感じやすいところを探る。敏感な表面と、中のいいところを両側から、唇と指で責められて、美月は高い声を上げ、愉悦の奈落に追い詰められるような愛撫に涙が零れる。

「あっ……ぁあっ……ゃああっ」

くぷ、くぷという淫らな水音を聞きながら、彼の慣れた指が美月を悦楽に追い込んでいく。ぷっくりと膨れ上がった感じやすい芽は既に被膜を剝かれ、舌先で執拗に攻めたてられて、美月は身を震わせて絶頂への階段を登り詰める。

「はぁっ……も、ダメ、イサックぅ……」

甘えるように美月は彼の乱れた髪に指を梳き入れて、彼の視線をこちらに向ける。愛欲に塗れた上目遣いの視線を向けるイサックに、胸が切なく疼く。

「まだこれからだ。美月は全然足りないだろう？」

イサックは身を起こすと美月の足元に座り直した。

「俺が……欲しいか？」

じっと瞳を真正面から見て尋ねる。美月は思わず両手を広げて彼を抱きとめるようにして囁く。

「はい。イサックが欲しいの。ねえ、私の中を貫いて、ぎゅって抱きしめて」

「あまり煽るな……」

照れたような苦笑を浮かべた彼に胸が高鳴る。腰を抱き上げて、熱く昂ったものを押し当てられて、体を開かれると愛欲だけでない、心の底からの悦びが湧き上がってきた。

「……ね、早く。いっぱい欲しいの」

早く彼の大きなもので一杯にして、抱きしめてほしい。もう一度おねだりすると、彼はぐっと喉を鳴らして美月を一気に貫き、そのままきつく抱きしめる。

「はぁああぁ……ぁっ」

嘆息に近いような声を上げて、美月は彼を受け入れる。数日彼と離れていただけなのに、彼を内側で感じただけで、体の細胞がすべて悦んでいる。愛おしくて、大好きで、体中の温度が高くなる。

「イサック、好き。大好き。……気持ちいいのっ」

「はぁっ……美月の中は、熱いな」

彼の幸せそうな声音に美月は歓喜の涙を零す。イサックの方がよほど熱い。彼の芯の熱が美月の中だけではなく、心まで満たしていく。

「もっと……強く抱きしめて」

ああ、今、自分はイサックに抱かれているのだ。肌がぶわりと震えるほどの幸福感に美月は腕だけでなく、足まで絡めてすべてを受け入れようとする。指を互い違いにつなぎ、舌を絡ませて、もっともっと……全部が彼と一緒になってしまいたい。

「ね、イサック。……一番奥まで、欲しい」

もっと深く深く交わりたい。眉を寄せて快楽に耐えている彼の美しい表情に見惚れながらも、話す間一瞬離れてしまった唇を惜しむように重ねる。そんな彼女を見て、イサックは彼女を膝に抱き上げ、座った姿勢になる。

「あ、奥に来ちゃう……」

美月は彼の背に手を回して体がより一層触れ合うようにしながら、奥まで入ってくる彼を感じる。イサックは腰を反らせて、貪るように美月の最奥を穿つ。

「……いきなりこんな奥まで……痛くないのか?」

熱っぽい吐息を零しながら、イサックは美月に尋ねる。自重でみちみちと奥まで広げられ、苦しいほどだ。それでもやめてほしいとは思わない。

「美月、そんなに力を入れられたら、動けなくなるだろう?」

美月の腰を抱いて、逃さないようにしながら、くつくつと彼が笑う。苦笑交じりの声が心地よい。イサックのすべてがなんでこんなに気持ち良くて幸せにしてくれるのか、それがすごく不思議だ。

「だって、イサックが欲しくてたまらなかったんだもの」

彼の汗と深い緑の匂いに包まれて、ようやく息ができるような気がした。こんなにも自分は彼が必要なのだと、欠けたら生きていけないのだと深く思い知らされた。

「……まったく俺の司書殿は……」

愛おし気に瞳を細めて、美月の頬を捕らえて、口づけを繰り返す。離れたくないとばかりに、美月は力を込めてイサックを抱きしめる。そんな彼女をなだめるように、彼は緩やかに腰を使い、幸福感と悦楽を一度に与えてくれる。

「愛してる、愛してる……愛してる」

ぽろぽろと零れ落ちる涙は感じすぎているからなのか、それともイサックが好き過ぎておかしくなりそうだからなのか。美月は快楽に閉じそうになる目を必死に開けて、自らを貪る彼の表情を確認する。視線が合って彼が照れたように笑う。胸が切なく高鳴って、子宮の奥がきゅんと啼く。

「あぁ、その動きが……たまらないな」

達してしまいそうな快楽を耐える彼の睫毛が震えた。ひどくセクシーな囁きが耳元に落ちてくると、美月の中はますますぎゅっと収縮する。彼は耐えかねたように彼女の腰を抱きかかえたまま、ベッドに横たえて、先ほどとは打って変わって、獣のように激しく美月に襲い掛かった。

「美月を愛しているのは、俺だ」

熱を帯びた暁の瞳が美月を捕らえ、舌が彼自身の唇を舐める。彼は美月の再奥まで穿つと、硬く勃ち上がったものを、ギリギリ手前まで引き、再びゆっくりと押し込む。

「はぁっ……あ、ぁあっ」

思わず高い声で啼いてしまった。彼の反り返った部分が、美月の良い所に当たるように角度を調整されて、真っ白になりそうな悦びに声をまったく抑えることができない。

「それ、いいのっ……はぁ、あ、あぁあっ」

ベッドのスプリングがきしむほど激しく深く貪られて、真っ白になった頭の中は、彼のもたらす快感にだけ反応する。もう何も考えられないほど、攻めたてられて、追い詰められて。

「だめ、も、それ以上、されたら……」

止めるような言葉を告げながらも、次の瞬間、彼の腰に足を絡めて、逃さないように腰を振る。もっと彼を感じたい。もっと奥で彼を受け止めたい。

「イサッ……も、イッちゃう、オカシク、なっちゃう」

彼の汗で濡れた背中に手を回し、必死に抱き着く。もっともっと壊れるくらいイサックに抱かれたい。

「俺はもう、とっくにお前に狂っている……」

一瞬肩口を噛まれ、死と隣り合わせの官能で絶頂に達してしまった。もうあとは落ちてくることのない悦楽の中で、彼に翻弄されるだけだ。一度枯れた声は、あっさりとまた音を失っていく。ただ言葉すら発することなく喘ぎ、美月はその夜何度も彼の腕の中で達して、そのまま幸福感と愉悦の中で意識を失ったのだった。

※　　※　　※

既に日差しは明るく、目を覚ました美月は日の差し込む角度で、自分が寝過ごしてしまったことに気づく。

「……おはよう、イサック」

黒い髪が彼の頬に掛かっている。それを払って顔を覗き込む。疲れのせいだろうか、彼はぐっすりと眠りについているようだった。

「まあ……今までよく眠れてなかったのかもしれないし」

温かい体にすり寄って、美月はゆっくりと彼が目覚めるのを待って、頬を撫でた。

「でもそろそろ起きないとダメだよね。昨日、あのあとどうなったかも知りたいし。お腹もすいてきたし……」

もう昼近くなのだろう。彼の腕の中で久しぶりに安心して眠ったせいで、体も自然と活動を開始したらしい。美月は小さく笑って、イサックの頬にキスを落とす。

「イサック、そろそろ起きて」

小さく寝息を立てているのはいつも通りなのに、元々警戒心の強いイサックにしては珍しく、美月が声を掛けても反応しない。

「……ねえ、イサック、起きないの？」

ゆさゆさともう一度彼の体を揺さぶるが、全然目を覚ます気配がない。何故か温かい寝室にいるのに、ゾクッと悪寒が走った。

「ね、イサック、起きて。目を覚まして。……ねえ。イサック！」

だが何度声を掛けて揺さぶっても、イサックはその紫色の美しい瞳を開いてはくれなかった。

※　※　※

「ありがとうございました……」

美月はアルフェが手配してくれた魔導医を部屋の扉まで見送ると、ベッドに横たわっているイサックを見て、小さく唇を噛みしめた。

「美月……」

心配そうに彼女の肩を抱くのはアルフェ王子だ。ベッドで横になったまま目覚めないイサックの顔を覗き込み、それから肩口の傷を確認しているのは、同じくアルフェに呼び出されたヴァレリー上級魔導士。

「……その掠った矢に遅効性の毒が塗られていたのだろうな……」

魔導医の診立てでは、何らかの毒物にイサックは侵されており、それで昏睡状態になっているということだった。イサックの昨日の行動を思い起こしても、特に毒物を摂取するようなことはなく、一番疑わしいのは、ライラがイサックに放った矢だという。

「一応、美月がいた塔の中は近衛隊が全部確認したんだけど、矢らしきものは見つかっていないいんだよね」

アルフェの言葉に、ヴァレリーは舌打ちをする。

「その場で持って帰って来ていれば、毒の解析ができたんだが」

毒薬が特定できないからこそ、イサックの昏睡状態がいつまで続くのか判断できない。今すぐでないにしても昏睡している間に、徐々に体力が失われて、命が危機にさらされるのは間違いないし、最悪の場合、致死量に達していれば、このあと時間を置かずに命が失われる可能性すらある、と魔導医は言う。正直、前回のジェイの時より時間の余裕はない。

『栄養に関しては魔導で取らせることが可能ですが、原因が判断できるまで、患者にたいしては室温も一定にして体温を保ち、安静を心がけてください』

しかも何が原因で症状が進むか判断できないため、現状維持を心がけるしかないということらしい。書庫の魔導書で解毒したくても、彼の協力が得られない状態では、『鍵』を開けることもできない。

（セイラもこんな状態で、私を召喚したんだよね……）

美月は胸の中の耐えがたい不安を吐き出すように、深く嘆息する。

「ああ。通常、薬方だろうと魔導だろうと、イスヴァーンで使われる毒薬に関しては、知識豊富な王宮魔導医であれば対処できるはずだ。だがその魔導医ですら何の毒なのか判断できないらしい。ならばこの辺りで知られている一般的な毒や、魔導ではないのは間違いないだろう」

ヴァレリーの言葉に顔色を青くしたままアルフェ王子も頷く。

（それでも……この二人がいてくれてよかった……）

昼前にイサックが目覚めないと図書館の使い魔であるミーシャに相談すると、彼はすぐに兄弟精霊で、アルフェ王子の守護をしているサーシャに連絡を取ってくれた。

そしてサーシャから話を聞いたアルフェ王子は、国内最高位である王宮魔導医を連れて、そのまま図書館まで来てくれたのだ。ヴァレリーもアルフェ王子からの知らせに、すぐに駆けつけてきた。もしこの二人が来てくれなかったら、叫びたくなるような不安と恐怖で、いても立ってもいられなかったと思う。それでも先ほどから体が小刻みに震え、不安を抑え込むことはできていない。そんな美月を気遣うようにアルフェは美月の背中をそっと撫でながら呟く。

「何か特殊な薬物か。……教会で昔から使われている毒薬とかなのかな……」

アルフェの言葉にヴァレリーは眼鏡のブリッジを指で押さえ、眉を顰めているばかりだ。

「結局さ、昨日の探索の結果、美月を見つけられたのは良かったんだけど、あの塔は教会の所有として登録されていないんだよ。それにエルラーン司祭の管理する建物だということも書類上では確認できなくて。正式に登録していないことを理由に、教会側も司祭を引き渡さなくてさ」

「意味がわからない。美月自身がエルラーンに誘拐、監禁されたのだ、と言っているんだろう?」

ベッドで寝ているイサックから数歩下がって、その場を美月に譲りながら、馬鹿らしいとばかりにヴァレリーは肩を竦める。そんな彼を見て、アルフェは申し訳なさそうに美月に視線を送った。

「教会側が、『証拠が美月殿の記憶だけでは司祭を引き渡せない』と言っているらしくてさ。しかも美月が監禁されていた部屋からは、記憶を操作する系の薬品を使われた形跡が見つかったみたいで」

美月の記憶自体操作されていたものではないか。何者かが教会を陥れようとしているのだと、教会は自分たちに架された罪が、冤罪だと訴えているらしい。

「なるほど、確かに前回、今回と不祥事が続けば、教会側としては責任の所在を問われ、イスヴァーンでの活動にも支障をきたすだろう。だから証拠がない限りは、引き渡しに応じるつもりはない、ということか。逆に関与が完全に否定できる状態ならば応じているはずだろうから、余計に怪しさが増すだけではあるが」

「うん、確かにね。ただ美月の言っていたライラって少女は、孤児院で存在すら確認されて、ないらしいんだ。まあそういう点でも、真実とは違う、と主張しているみたい」

その言葉にイサックの頬を撫でていた美月は、思わず視線を上げる。

「うそ。ライラはエルラーン司祭のところに、何年もいるって言っていたのに……」

「何らかの形で名前を伏せて匿っていたのかもしれないな。しかもそのライラという幼女だけに美月の世話をさせていて、他の人間を関わらせてないあたり、エルラーンの情報操作はかなり上手く働いているようだ」

「あと美月から名前が出ていたコンスタンチノ大司教は今回の件に関して『美月殿に会ったこともないし誘拐や監禁にも一切関わり合いがない』と終始否定しているんだよね」

全員そろって、証拠がないことをいいことに、知らぬ存ぜぬを貫き通そうとしているらしい。少なくとも美月が攫われ監禁された事実があり、救いに来たイサックは襲われ、結果、意識を失ってしまっているのに。

「こんなことして……なかったことにしようなんて、絶対に許せない」

イサックが一晩中愛してくれて、不安と恐怖で一杯だった心を、ようやく優しい気持ちで満たしてくれたのに。

美月の胸の中に、生まれてこのかた感じたことのない強い衝動がこみ上げてくる。命がけで自分を守ってくれた人が、一晩かけて壊れかけていた心を優しく慰めてくれた人が、今、敵の毒牙にかかって命すら危うくなっている。それでも彼らは自分の保身を最優先にするのか。

「……コンスタンチノ大司教も、エルラーンも許せない。……ライラも絶対に許さない」

燃え滾るような怒りが、美月の心を支配していく。いつも優しく美月を映す紫水晶の瞳は今も閉じられていて、いつ再び開くかもわからない。眠ったままの愛おしい恋人の秀でた額にそっと唇を寄せて、美月は決意を込めてゆっくりと起ち上がった。

「私、どんなことをしても、イサックに使われた毒を見つけ出して、絶対に彼の命を救う。教会にも相応の罰を受けさせる」

頭を高く上げて、美月は自分を見つめている二人の男性を見上げた。

「……そのためだったら、私なんでもする。だからアルフェ王子、ヴァレリー魔導士、私に協力して」

まずはエルラーン司祭をこの場に引っ張り出すことだ。

ライラが使った毒薬が、教会の秘薬であるのならば、彼にそれを白状させてやる。美月の命を奪おうとしていたらしいコンスタンチノ大司教は、後ろでずっと糸を引いているのかもしれないし、このような事態を引き起こした黒幕も彼かもしれない。だがあの男に罪を償わせるのは証拠を摑んでからでいい。まずはイサックの命を危険にさらした男を捕らえるのだ。

怒りで頭の中の血液が沸騰する。とてもではないが、冷静ではいられない。

「わかった。で、美月、まずはどうする？」

思いを口にしようとすれば、怒りは身から溢れかえって言葉すら奪う。ヴァレリーの言葉に鋭い視線を返すと、彼はその意思を確認するように、まっすぐ眼鏡の奥の冷静な瞳を美月に向けた。

「……どうするって何を？」

「最優先はイサックの命だろう？　王立魔法図書館の書庫にならば、どんなものでも解毒できる魔導書があるはずだ。ならば『錠前』を開ければいい」

「そんなこと、美月だってわかっているよ。でも今イサックが……」

無神経なことを言い出したヴァレリーに、咄嗟にアルフェ王子は言い返すと、心配そうに美月の顔を覗き込む。だが、その様子を無視するようにして、ヴァレリーが美月の頤に指を掛け、その顔を上向かせる。

「ヴァレリー、何が言いたいんだ？」

眉を顰めたアルフェ王子を一瞥すらせずに、ヴァレリーは美月の目を見つめて囁く。

「それなら、あの本で書いていたように、代理の『鍵』を立てればいい……違うか？」

美月は彼の言葉に目を見開いた。

第七章　『鍵』と『錠前』と『鍵候補』達と

「当然のことながら、今回の件にエルラーン司祭は一切関わりないのだな」

　ナザーリオ総大司教は、目の前で跪く男を見て、深いため息をついた。

「もちろん……」

　塔自体の持ち主は、孤児院ではない。かなり厳しい主張ではあるが、『鍵』候補であったエルラーン自身が直接『錠前』誘拐監禁の実行犯であっては困る、という教会側の建前を盾にして、エルラーンは今のところ何も教会に報告していない。あとを任せたはずのライラは、自分たちに繋がる形跡を全部消して、姿をくらませたままだ。

（ライラは……どうしているのだろうか）

　もともと森で竜たちと一緒に一人で暮らしていた子だ。ライラとエルラーンが出会ってからずいぶんと時間も経っている分、生きるすべも増えていることだろう。何より、竜が彼女のことを守ってくれる。もともとそうしていたであろう生活に戻っていくだけだ。

（それに……孤児院の子供たちも、ライラについては一言も語らない）

　子供たちは、ほとんど成長しないライラを神の使いだと信じている。そしてその秘密を外部に語れば、神罰を受けると信じ込んでいるのだ。

「私は……」

そう口にしながら、何と答えるか彼は迷っていた。

既にエルラーンは、今回の件で様々なことが破たんしかかっていることは理解していた。自分の行ったことの報復を受けることもわかっている。

自分もまた、形は違えどもライナスのように『錠前』によって破滅に向かわされるのかもしれない。自分を追い込んでいくのが、『錠前』の美月であることに怒りを感じながらも、それが運命ならば、受け入れようと、あきらめにも似た感覚もある。

（だが……もう少し、限界まで抗ってみるか……）

王立魔法図書館に振り回されるくらいならば、こちらから振り回してやろう。少なくとも、コンスタンチノを失脚させるくらいの意趣返しはしたい。エルラーンは小さく笑みを浮かべた。

「なんだ？」

言いよどんだエルラーンの目をじっと見て、ナザーリオ総大司教が尋ねる。

「総大司教様だけには真実をお知らせします。……私は美月を保護していました。コンスタンチノ大司教が『錠前』を攫い、そのうえで自分の自由にならないと知ると、彼女の暗殺計画を立てていたことを知ってしまったからです」

「なに？」

突然、今回の事件との関与を認めるエルラーンの言葉に、ナザーリオ総大司教は声を失う。二人の間で、会話が途切れた瞬間、総大司教の執務室の扉を叩く音がした。

「総大司教様、失礼いたします。ザナル国王より書状が届いております。それとエルラーン司祭様あてに、王立魔法図書館より召喚の書状が届いております」

エルラーンは自分宛ての召喚状を受け取ると、すぐに内容を確認した。

「どうやら現『鍵』であるイサック殿が毒を盛られて意識不明に陥っているらしい。解毒の方法を得るために、至急『錠前』を開ける必要があるようだ。今回『錠前』の美月殿は、代理の『鍵』で、王立魔法図書館の書庫を開ける試みをするそうだ。召喚状もそのことに関するものであろう。まずは図書館に向かうべきだろうな」

ナザーリオはそう言うと、何かを確認するように二度ほど頷いた。

「それから……先ほどの話は、私の方で預かっておこう。もし大司教が関係しているのであれば、近衛騎士団に捕まるより先に破門にしなければなるまい。だが司祭は……教会の代表としてイスヴァーン王国に対するレギリオ教会の忠誠心を示す必要があるだろう。『代理の鍵』として……」

※　　　※　　　※

「……本当にこれでいいの？」

心配そうにアルフェが美月の顔を覗き込んだ。この人はいつだって人のことを気遣ってくれて優しい。そう思いながら彼女は少しだけ強張った笑顔を返す。

「はい、これ以外方法がないのなら……私、できることは何でもします」

そう言うと美月はそっと胸に手を押し当てて、心の中で『魔法図書館』を呼んだ。

『図書館、聞こえる？　イサックが毒で意識を失ってしまったの。解毒するために書庫の魔導書が必要なのだけれど、イサックに『錠前』を開けてもらえないから、他の『鍵』候補だった人たちにお願いしようと思っているの』

普段はあまり直接呼び掛けることのない図書館に意識を向けて心の中で言うと、脳裏にその返答が直接響く。

『なるほど。そういうことであれば了解した。確かに本来の『鍵』が使用不可で、お前が望むのであれば、次善の『鍵』で『錠前』は開くだろう。だが、この前、自身が掛けた魔導は依然としてお前の中にある。その状態で代用の『鍵』で開ければ、お前は『錠前』ではなくなるぞ』

やはりそういうことになるのか。でも、美月としてはたとえ自分が『錠前』でなくなったとしてもイサックを救いたいのだ。

『それはかまいません。ただ、私が『錠前』でなくなるのはどの時点になるんですか？』

他の男性を受け入れた時点でそれが成立してしまうのであれば、書庫の鍵が開けられないことになる。

『儀式の部屋にいる間は大丈夫だ。だが『鍵』が開き、その『鍵』が再び閉じるときには、美月は『錠前』ではなくなる』

淡々とした図書館の言葉に美月は緊張したまま頷く。

『私が『錠前』でなくなるとどうなるんですか？』

正直、その答えを聞くのはいろいろな意味で怖い。

『お前が『錠前』でなくなる以外は、何か特別な変化があるわけではない。ただし即座に次の『錠前』を探す必要が出てくる。そして新しい『錠前』が誕生するまで、その者を導き、新しい『鍵』が確定するまで、手助けをすることになる』

『よかった。『錠前』でなくなるからって、私、死んでしまったり、姿を消してしまうわけではないんですね。で、新しい『錠前』が誕生したあと、私はどうなるんですか』

美月の問いに、図書館は淡々と言葉を返した。

『そのあとは好きに生きたらいい。元の世界に帰りたければ、お前を戻すこともできる』

図書館の答えは美月を複雑な気持ちにさせた。もともと、無理やりこの世界に連れてこられて、突然セイラから、恋人である『鍵』のジェイを助けてほしい、と頼まれて断ることができずに始まった『鍵』選びの儀式だったのだ。儀式の間、辛いことも苦しいこともいっぱいあったが、それでも、イサックと出会って恋に堕ちて、その人を『鍵』とすることができた。それからはずっと彼と共に幸せに過ごしている。けれど、『錠前』としての立場が終われば、彼の実家の事もある。今後の関係もどうなるかわからない。

しかし美月が『錠前』でいる限り、またイサックの命が狙われるかもしれない。エルラーンに言われた言葉をそのまま受け入れるみたいでしゃくだけれど、結局自分が『錠前』でなくなることが一番いいのだ。

（だけど……）

たとえ彼を救うためとはいえ、別の男性を受け入れた彼女を、彼が許せるかわからない。昨日は何があっても、と言ってくれたけれど、彼の家族もイサックが『鍵』の役割を終えれば、もう一度、貴族の女性との良縁を探したい、と思うかもしれない。その時イサックが、美月との関係をどう判断するかだ。

（でも少なくとも、何かあったら元の世界には帰れるってことだよね）

それはきっと悪いことじゃない。そんな結果、望んではいないけれど……。それでも、目の前で意識を失ったままの恋人を見たら、選択肢は一つしかないのだ。

『わかりました。それでは、代理の『鍵』を選ぶ儀式を始めます』

美月が複雑な思いで告げた言葉を、図書館は受け入れた。

「図書館が申し出を受け入れてくれました。そうしたら……私、準備をしてきます」

少なくとも体を清めるくらいのことはしたい。美月が顔を上げてそう言うと、アルフェは複雑そうな顔をしながらも、笑みを浮かべた。

「わかった。王宮には書庫を開けるって連絡しておく。それから今回、僕は『騎士《イサック》』の代わりに美月を守るよ。まったくアイツって、毎回僕に面倒な役ばっかり押し付けてまいっちゃうよね」

　正式な『鍵』候補でなかったアルフェ王子はそれでも、美月とイサックのために最後まで見届けてくれるという。

「あーあ、あとでイサックに散々文句を言ってやろう。美月、そうと決めたら行っておいで。いろいろ準備があるんだろう?」

　わざと軽い口調で肩を竦め、笑いながら美月を送り出してくれる。代わりについてくるのは図書館の精霊であるミーシャだ。宙に浮いたまま、体重を掛けずに前足だけ美月の肩に乗せ、心配そうに言う。

「ミツキ、無理しなくていいんだからね。イサックはイヤになるほど丈夫だからさ、ちょっとぐらい時間かかっても大丈夫。どうせあれでしょ、エルラーン司祭が来たら捕まえて、イサックに使われた毒がなんだったのかわかったらいいだけでしょ。オレがアイツをぎゅうぎゅうに締め上げてやるからさ」

　わざとイサックのことを辛辣に言いながら、笑い声を上げるミーシャの様子は、美月がここに来てからずっと過ごしている図書館の日常みたいに思えるのだけど……。

「ありがとう、ミーシャ。でも私、まずはできることから一つずつするね。ヴァレリーで『鍵』が開かなければ、その時は、ミーシャにエルラーン司祭をぎゅうぎゅうに締めあげてもらって、毒についても白状させるから」

　それだけ言うと、美月はミーシャを部屋に残したまま、浴室に入った。風呂に浸かると自然と強張っていた体の力が抜けていく。

昨夜美月を救い出してくれたあと、ずっと浴槽の中でも抱きしめてくれていたイサックのことを思い出すと、切なくて心が苦しい。

美月は誰にも心配を掛けたくなくて、嗚咽を殺す。もう少しだけと言い訳をして、一人泣いた。

※　※　※

「さて、始める前に一つ聞いておこう」

儀式の間のベッドで腰かけていた美月を見て、彼はいつかのように魔導士のマントを脱ぐと、コート掛けにかけ、美月が座っているベッドの前に立つ。眼鏡越しの視線は、緊張しているせいか少しだけ鋭い。

「お前は、『王立魔法図書館の『錠前』制度と秘術について』という本に載っていた魔導を自分に掛けたのか？」

そう言われて美月はヴァレリーが例の魔導書の該当のページに栞を入れていたことを思い出し、思わず苦笑してしまう。

「だって……この魔導を使ったらどうだ、って言うように栞が入っていましたよね」

美月の返答に彼もまた小さく苦笑する。

「いや、魔導は一つでも多く覚えておけば、どこかで絶対に役に立つからな」

その言葉に美月はゆっくりと顔を伏せた。そんな彼女の頭に柔らかくヴァレリーが手を載せた。くしゃり、と髪を掻き混ぜるように撫でられて、美月は思わず呼吸が乱れそうになる。

（こんなところで泣いたら、心配を掛けるだけだ……）

先ほど一人で声を殺して泣いていたから、こんな風に優しくされると、つい気持ちが揺れて決意が崩れそうになる。こう見えてヴァレリーは人の気持ちにも敏感だ。意地悪なことを言うくせに内心は優しい人だと美月は知っている。だからわざと顔を上げてニコリ、と笑って見せた。

「おかげさまで、自分の身を守れましたよ」

「だが結局、こうやって貞操の危機が訪れているわけだが？」

ひどく優しい目をしているくせに、呆れたように言葉を返されて、虚勢が保てなくなりそうだ。みっともなく感情を揺らさないように、大きく嘆息して気持ちを整える。

「……今回のことは、自分で選んだことですから……」

次善の『鍵』という意味であれば、ヴァレリーで開く可能性は高い、と美月は思っている。それに一度触れられた経験もあるから、結局は美月の気持ちを優先して、大事に抱いてくれるのもわかっている。

（でも、私がこうやって……相手の気持ちを利用するから、エルラーンも怒りを感じてい

たのかもしれないな。ヴァレリーはこんな風に私の事情に巻き込まれることをどう思っているのだろう）

当然プライドの高い彼にそんなことを聞けるわけもない。それにいろいろな事情があったとしても、彼は自分の意思でここにいることを選んでくれているのだ。

「まあ、儀式を今すぐ始めること自体は構わないが……。その前にいくつか確認することがある」

これから抱き合わなければいけないという状況なのに、全然甘い雰囲気にならない彼に、少しホッとしながら美月は頷く。

「確認することって？」

「『錠前』としての価値を失う魔導に関しての情報が知りたい。どの程度の効力、範囲と威力と時間。そして破った場合、美月がどうなるのか。さっき図書館に確認していたんだろう？」

魔導士の彼は、当然リスクがあることを認識していたらしい。

「この儀式の間にいる間は、『錠前』でなくなるわけではないそうです。他の『鍵』を受け入れたあと、一度開けた書庫を閉めることで、発動すると図書館が言っていました」

「なるほどな。今回に関して言うのなら、代理の『鍵』でも書庫の鍵を開けることは可能、ということか。逆に言えば『鍵』が開かない限り、儀式の間にいる間は途中で相手が変わっても問題ない、ということだな」

何気なく言われた言葉に美月は瞠目する。つまり、ヴァレリーで鍵が開かなかった時には、そのままエルラーンが引き続き儀式を行うことができるということなのか。

ヴァレリーを受け入れたあと、エルラーンを受け入れる。そんな状況を想像して、美月は悪寒が走る。最初に儀式をしたときには、今みたいにイサックへの気持ちが育っていなかったし、エルラーンに対しての恐怖もここまではなかったから、なんとか受け入れられたのだ。

「……少なくとも、イサックを救える可能性が高まったってことですよね」

怯えからくる震えを、自分の手のひらで二の腕を擦って誤魔化し、できる限りポジティブな言葉を口にして笑顔を作る。その瞬間、ヴァレリーは眉を顰めて、美月の額に手を伸ばし、ペチっと軽く叩く。

「痛いっ、何するんですか」

「俺の前でそんな顔をするな。……無理しなくていい。最悪でも、あの男に触れさせるくらいなら、俺が『鍵』を……」

言いかけて、ヴァレリーはふっと視線を逸らした。

「ところで、『錠前』でなくなった場合、お前はどうなるんだ？」

話題を変えるように質問をされて、美月は浮かべていた笑顔を保てずに、思わずうつむいてしまった。

「好きに生きたらいいって。……希望するなら元の世界に戻ってもいい、って言われました」

「つまり、特に『錠前』でなくなることによって、何か不利益は生じない、ということか。それならば、いい」

彼女の言葉に明らかに安堵したような声でヴァレリーは言う。次の瞬間、身をかがめた彼が、何のためらいもなく美月の肩をそのまま押す。無防備だった美月はそのままヴァレリーにベッドに押し倒されていた。

首筋に温かいものを感じて、美月はぎゅっと目を閉じる。

「緊張しているんだろう。それに体調も悪い」

このまま彼に抱かれるのだと覚悟していたのに、美月に触れる手は、首筋の脈拍を測る医者のような動きをして、次いで容赦なく下瞼を引っ張られる。

「貧血にもなりかかっているな。司祭のところでは食事が少なかったのか？」

「……へ？」

「食事に問題がなかったのなら、やはり心身に負担が掛かっているんだろう。食事はその幼い娘が持って来ていたのか？　他に食事を運んでくる者はいなかったのか？」

それだけ尋ね、美月から手を離すと、ヴァレリーは昼寝でもするように、美月の横にあおむけに横たわった。

「あんな森の中まで毎日食事を持ってくるのも大変だっただろうな、その子供も」

緊張していたのに、一気に気が抜けてしまったみたいだ。ふと美月は気になったことをヴァレリーに尋ねてみることにした。

「その女の子、ライラっていうんですけど、おかしいんです」

「ほう、どんなふうにだ？」

　そのままベッドに横になったまま、添寝のような状態でヴァレリーと話を続けている自分に不思議な感じを覚えながら、できる限り怯えさせないようにしてくれている彼の気持ちがありがたいと思うから、いつそういう方向に進んでも、怯えた顔を見せないように、美月も天井を向いて話を続ける。

「なんか、見た目は小学校に入る前の子……いえ、五歳か六歳ぐらいの感じなんですけど、話す内容はもっと年上の感じがして。見た目と頭の中身がそぐわないっていうか。その子、普段は竜の子供の世話をしているのですけど、ちらっともう十年以上あそこにいるって言っていて……やっぱり見た目と経過年数が合わないじゃないですか」

　思い出しながら、美月が話をしていると、突然隣にいた魔導士がガバっと身を起こして、美月の両肩を抑え込む。

「きゃっ……」

　予測していたとはいえ、突然の彼からの接近に美月は思わず声を上げてしまって、慌てて口を抑え込む。

「あの、びっくりしただけで嫌だとかそういうわけじゃ……」

　と、しどろもどろに言い訳を口にした美月の顔を見て、ヴァレリーがゆっくりと口を開く。

「野生の竜が住む森で竜の子供の世話をする、見た目と中身の年齢が違って思える女か。いや、もう純血種はいなくなったと言われて久しいが、それに近い存在なら……」

自分をベッドに押さえ込んだまま、眉を寄せて何かをぶつぶつと呟いているヴァレリーの肩にそっと触れる。

「あの、いきなりどうしたんですか？」

美月の言葉にハッと意識を彼女に向けたヴァレリーは小さく苦笑した。

「ああ、悪かった。……お前の言うことが確かなら、そのライラという子供は、竜人族の可能性がある。だとすれば……イサックが受けた毒薬についても、解毒方法が見つかるかもしれない」

ヴァレリーは身を起こして、慌てて魔導士のマントを纏った。

「あの、一体……どういうことですか？」

美月は彼のあとを追うように身を起こして、ベッドから立ち上がる。乱れた髪を直していると、振り向いたヴァレリーが苦笑をしながら、美月の髪を梳きなおしてくれた。

「竜人族は今はもうほとんど存在してないと言われる一族だ。彼らは人よりゆっくりと年を取る。神の時代に竜と神が交わって生まれた種族だという逸話が残っているが真実は定かではない。たぶんライラという娘、見た目は五歳程度でも、実際の年齢は二十歳ぐらいなのではないか？　竜人族は古来より竜を従え、薬師としても有名だった。だが昨今では彼らの作る薬を知るものは少ない」

　美月はその言葉にヴァレリーを見上げる。

「もしそうならライラを捕まえる以外、解毒薬を作ることも難しいってことですか？」

「いや、うちのギルドに竜人族の生き残りの魔導士が一人いる。長年、彼ら一族の薬の研究をしている男だ。彼に聞けば、解毒薬についてもわかるだろう」

　満面の笑みを浮かべたヴァレリーが、一瞬だけ美月を抱きしめる。

「ああ、残念だ。お前をもう一度抱けるいい機会だったんだが……。しかし竜人族の薬を解毒する機会もなかなか貴重だからな。今回はそちらを優先することにしよう。とりあえずお前はエルラーンが来ても可能な限り時間稼ぎをするんだ。俺は解毒薬ができ次第、ここに戻ってくる。……解毒の目途が見えてきたんだ。お前は無理に望まない男を受け入れる必要はない。俺は俺のできることをする。だから美月は自分のできることをしろ」

　それだけ言うと、ヴァレリーは唐突に美月の唇にキスを落とす。

「これは、解毒剤の前払いに貰っておく」

「え、あ、あの？」

　キスをされた？　と次の瞬間にようやく気づいて、驚きながら唇を押さえると、彼はそんな美月を見て、肩を竦めてにやりと悪戯っぽく笑った。

「とにかく今から丸一日だけ時間を稼げ。俺はお前の騎士の命を救うために、薬を処方してきてやる。特急料金分の駄賃ももらったことだしな」

美月の唇に一瞬指先で触れると、彼はマントを手に取り、振り返ることもなく部屋を出ていった。

「……もしかして、他の『鍵』を受け入れなくても、イサックは助かるの？」

呆然と声を上げた美月は、力が抜けて、そのままベッドサイドにへたり込むように座り込んでしまっていた。

※　※　※

「美月、大丈夫？」

未だに眠っているイサックの様子を確認してきた美月を、アルフェがお茶に誘ってくれた。ダイニングでミーシャの入れてくれたお茶を口にして、美月はほっと一息つく。

「うん、大丈夫。少し落ち着いたから」

「なんかヴァレリーが解毒薬が見つかるかもしれないって飛び出していったけれど」

「……そうみたい。だから一日だけ時間稼ぎをしてほしいって言われたの」

正直未だに混乱している。イサックのために、他の『鍵』候補を受け入れるつもりでいたのに、当のヴァレリーは解毒剤を作りに魔導士ギルドに帰ってしまっている状態なのだ。気合を入れて儀式に臨んでしまった分、空回りしたみたいでなんだか恥ずかしい。

「でもまあ……美月がイサックの解毒のために鍵を開けたいだけなら、他の人とは儀式を

しないほうがいい、って僕も思うよ」

アルフェはカップを両手で持つと、暖かさを確認するようにぽつりと呟く。

「……うん、やっぱりそうだよね」

儀式とはいえ、気持ちが伴っていなければ、お互いに傷つくだけだ。それでもイサックの今の状態を考えれば、なんとかして少しでも早く彼を救いたいと思ってしまう。

「一応、エルラーン司祭がこちらに来る手筈は整っている。彼に来てもらうように指示を出すことはできるよ。まあどちらにせよ、エルラーンは今回を逃すとまた取り逃がしそうな気もするから、大人しく図書館に来てくれるならそれはそれで確保したいところだけどね。まあ、美月っていう美味しい餌があるから、ふらふらと来ちゃうかもね。ああ、執着の強い男は嫌だね」

アルフェが鼻に皺を寄せて、大げさな表情を作って見せるから、美月はつい笑ってしまった。ふっと少しだけ力が抜けて楽になる。

「うん、美月は笑顔でいるのが一番可愛い。どう？　いっそイサックから僕に乗り換えてみない？」

まんざら冗談でもなさそうな表情をつくって、美月の手を取り、指先にキスを落とす。一連の流れが綺麗でスムーズだから、つい止めに掛かった時にはもう頬にキスを落とされたところだった。

「それ以上はダメですよ」

にっこり笑って、そのまま唇にキスされそうになるのを止めると、彼はしょんぼりとした顔をしてみせる。まあ、ヴァレリーには不意打ちでキスされてしまったのだけれど、止める余地を残してくれるところが、アルフェの良いところなのかもしれない。

「残念。やっぱり流されてくれないか。……でさ思うんだけど、美月、今回のことが落着いたら、一度ちゃんと図書館と話し合った方がいいよ。今回、一つだけエルラーンの主張で間違ってないのは、この『錠前』制度ってやつにはいろいろ問題があるってこと。僕もやっぱり巻き込まれてキツイ思いをしたから、きっと他の『鍵』候補たちはもっとつらかったんだろうな、って想像できるしさ。今の制度って、少なくとも選び方は間違っていると思うんだよね。美月も向こうから連れて来られて、有無を言わさず、な感じだったし。美月は自分さえ我慢すれば、問題が解決するって思っているかもしれないけれど、それは違うと思う。いや異世界から来た美月に、その役割を押し付けて良いかどうかはわからない。でも僕は、いろいろ苦しんだ美月だから、そしてこの世界の人間とは違う価値観を持っているからこそ、図書館と話し合って、新しい図書館の書庫の鍵の管理の方法について、考えてみたらいいと思う」

柔らかい表情で話すアルフェの琥珀色の瞳を見ていると、なんだか穏やかな気持ちになってくる。

「うん……そうだよね。図書館と話し合いをして、傷つく人が少ない形で、鍵の管理ができるようになるといいよね」

エルラーンの考え方が歪んでしまったことの原因や、イサックや自分の命が狙われる理由が、システムの不備にあるのなら、それは改善していかないとだめだろう。

「僕は、教会の過激派の排除をさらに徹底するように王宮へ進言しているし、ヴァレリーも魔導士ギルドを通じて商業ギルドに、今回の件で軽率な行動を取らないように意見したらしいし、みんなでいろいろ変えていったらいいと思うよ。少なくとも美月は一人じゃない。イサックも僕たちも、みんな美月の味方だからさ」

※　※　※

一晩目覚めることのないイサックの隣で眠って、翌朝。

「おはよう、ミツキ。まだヴァレリーからの連絡はないんだけど、一応エルラーンからはもうじきこっちに来るって連絡が入っていて……どうする？」

心配そうに言ってくれるのは、朝食の席の準備をしてくれたミーシャだ。美月の向かいの席ではアルフェ王子が朝食を待っている。彼は昨日の夜から、自分はイサックの代わりだから、と図書館に泊まり込んでいたのだ。当然のように、ミーシャと兄弟のサーシャもアルフェの隣に姿を現している。

「良く眠れた……わけがないか」

目元が少し腫れている美月を見て、アルフェは小さく苦笑を浮かべた。

「さっそくエルラーンが来るっぽいけど、僕が足止めしておくよ。ヴァレリーが来るまで」

その言葉に美月は小さく顔を左右に振った。

「ううん。毒薬が本当に竜人族のものかどうかもわからないし。何か彼が知っているかもしれないから……」

今、エルラーンを足止めして、ヴァレリーの薬を待ったとしても、その薬が確実にイサックの命を救うかどうか、間に合うかどうかもわからないのだ。ヴァレリーは一日、と言ったけれど、彼の言う通りにその時間に解毒薬が準備できたとしても、昼過ぎぐらいだろう。しかももし、ライラが使っていたのが教会の持つ秘薬による毒だったら……。

（やっぱりイサックの命が救える可能性を上げておきたい）

美月は少しでも早く、少しでも確実に彼を助けたいのだ。

「だから、私、エルラーンと直接話をしてみます」

「……そうか、わかった。でも何かあれば無理をしないで、すぐに助けを呼んで」

美月の決意を見て取ったのか、それ以上止めなかったアルフェの言葉に美月は頷き、エルラーンを出迎えるために準備を始めたのだった。

それからほどなくして、エルラーンがたった一人、図書館にやってきた。いつも通り、司祭のマントに身を包み、教会の紋章を象ったネックレスを首から下げている。

唇に浮かべる笑みは穏やかで、その立ち姿は美しく清廉だ。けれどその瞳は美月を見つけた瞬間、昏い光を宿した気がする。美月は戦慄の感覚に唇を嚙み締めて耐えた。そんな美月を見て、心配そうに一歩足を踏み出したのはアルフェだ。

「あのさ、先に言っておくけれど、美月を傷つけるようなことをしたら、僕が許さないからね」

「当然、オレも美月の状態を見張っているから。この非常事態に『錠前』を傷つけることは、図書館の精霊であるオレが許せるわけもないからね」

アルフェとミーシャがかわるがわる嚙みつくようにエルラーンを攻めたてるので、美月は少しだけ力が抜けた。それでも再び美月を監禁した男の姿を見れば、ぎゅっと恐怖で体が竦みそうになるのだけれど。

「……ここは『王立魔法図書館』。図書館が管理しているここでは、『錠前』である美月が誰よりも強い。『騎士』が今いなくても、アルフェ王子がその代わりをすると言ったから、ボクも美月の味方だ」

ミーシャに寄り添うようにして、兄弟精霊のサーシャが告げる。

「精霊を二人敵に回して、この世に存在できる人間はいないよ。オレら、伊達に長く生きてないって」

ミーシャが言うと、赤目の精霊二人が互いを見つめ合ってクスクスと笑う。

「あーあ、ミーシャもサーシャも僕の一番いいところを持っていくんだから。……エルラーン司祭。わかっていると思うけど、美月の望みを聞いて受け入れるしか、お前にできることはないよ。図書館から逃れても、この国は僕の国でもある。教会組織もこの国で繁栄していくためには、一司祭より、当然国の権力を優先する。つまり司祭殿に逃げ場所はもうないよってこと。お前の大事な隠し場所ですら、僕たちにあっさりと暴かれただろう？」

ふっと瞳を細めて、いつもより冷酷に笑う王子は、本来の彼の立場というものを美月に思い出させる。威厳を感じさせて、いつも気楽に接していた美月をドキッとさせた。

「……言いたいことはそれだけでしょうか？」

けれどエルラーンは不遜な態度を崩さずに、そう言うと、美月の手を取る。

「一刻も早く、イサック殿の体を治したいのでしょう？　それならば、儀式を始めた方がいい」

「ちょっと待って。私は話し合いをしたいの」

美月の言葉に彼は小さく笑みを浮かべる。

「ええ。ですから、他の人間に邪魔されない場所に行くのです。騎士気取りの王子は入れなくても、そこの精霊は好きに出入りできるのでしょう？　儀式の間には……」

それだけ言うと、美月の手を引いて、儀式の部屋に向かって歩き始めた。

「その前に。お前、イサックが倒れた原因の毒薬について、知っているんだろう？」

エルラーンの背に向かってアルフェが声を掛ける。

「そのことについてですが、私は一切関わりを持っていません。私は彼を死なせるつもりはありません。神が望まない殺生は行うつもりはありませんし、私自身、殺生を望んでいません」

「…………」

美月はエルラーンに手を握られただけで、心臓がぎゅっと締めつけられるような感覚になって、必死に言った先ほどの一言以上口にすることができない。

「けれど、竜人族の娘はそうじゃなかったみたいだな」

アルフェの言葉に思わずと言った様子でエルラーンが立ち止まる。美月が見上げると、エルラーンの表情には微かに焦りのようなものが見えた。

「竜人族？　そんなもの、今はこの世に存在しません」

刹那、否定するエルラーンの言葉に、アルフェは肩を竦め、それはどうかな、と呟いた。もしヴァレリーが言ったように、イサックに使われた毒薬が竜人族のものならば、たぶんあと数時間でヴァレリーが薬を完成させて戻ってくるだろう。だが貴重な時間を無駄にはできない。心配そうに見つめるアルフェ王子に向かって、美月はこわばった表情のまま頷いて、儀式の部屋に入ることになった。

「さて、何か話し合いを、ということですが……今さら何ですか？」

ふわりとマントを脱いで掛ける。彼が動くたびに、本能的にびくっと震えそうになるほど自分は彼が怖いのだと思う。それだけの体験をさせられたのだ。

「そもそも今回の話はどうなっているのですか？　貴女が他の男性を受け入れれば、『錠前』として機能しなくなる、という話は嘘だったのですか？」

目の前で術式を唱えたのに、それすら疑っている様子のエルラーンに向かって美月は顔を横に振った。

「いえ、嘘ではないです。ただ、この部屋で『鍵』を開ける儀式を行っている間は、私は、『錠前』でいられるそうです」

「つまり一回だけの使い捨ての『鍵』として私を利用する、ということですか。貴女という人は本当に自分のことしか考えていないのですね」

エルラーンの言葉に、美月は顔を上げて、その顔をまっすぐ見返した。

「私が私のことを考えているのと同様に、エルラーンも自分自身の都合しか考えてませんよね。私だって自分の意思を無視されて連れ去られて、助けに来たイサックは、ライラの放った矢から私を庇って怪我をして……。矢に塗られていた毒で命を奪われそうになっているんです！」

思わずカッと声を上げてしまった。一度そうしてしまうと、目の前の人は自分に不条理を強いて、今の状態を作り上げている当の本人なのだ。なんで必要以上に怯えることがあるのだろうか、と怒りが恐怖を上回った。

「……つまり、ヴァレリー魔導士は貴女に触れなかった、ということでしょうか。それとも失敗したとか？」

小さく嘲るような笑いを浮かべる男に、苛立ちが募る。

「ヴァレリーは解毒薬を作るそうです。ライラの特徴を話したら、何の薬か理解できたようですよ。彼の知人に竜人族出身の魔導士がいるそうなので……」

美月の言葉にエルラーンはすぅっと目を細める。

「なるほど、解毒剤が手に入るのなら、『鍵』を回さなくてもいい、とそういうことですか。ならば、なぜ私を呼び出したのですか？」

彼の問いに、美月は咄嗟に返答ができなかった。

「つまり確実に薬が手に入るかどうかはわからない。保険のために私は呼び出された、ということでしょうか。ついでに儀式を理由に私をおびき寄せ捕らえて、教会の関与の確認するため、でもあるでしょうが」

確かに彼の存在は万が一の保険だ。それだけでなく、美月を拉致監禁した彼を捕らえることが目的でもある。

「……ただし私は先ほど言ったように、イサック殿が倒れた毒に関して何も知りません。ライラにそんな指示も出していないのです」

彼は肩を竦める。淡々と話し続けていた口調を緩めて、どさりとベッドサイドに座り込む。

「どちらにせよ、貴女の一番の望みはイサック殿の命を繋ぐことでしょう。それなら話し合いなど時間の無駄です。貴女の一番愛している男のために、最後の『儀式』を始めましょう。魔導士の作る解毒剤が届くのが先か、私達が『鍵』を開けるのが先か、……あの男が遅効性の毒に負けて死ぬのが先か？」

くつくつと楽しそうに笑うエルラーンの表情は、美月が初めて見る彼の感情を露わにしたものだった。ゾワリと背筋を這うのは不条理さと不安と、それでも一番強いのはイサックを失うかもしれないという恐怖だ。

「そんなに私に抱かれるのは嫌ですか？　イサック殿の命が大事ではないのですか？」

ちらりと覗く舌は、蛇のそれのように見えて、ますます美月は萎縮して動けなくなってしまう。

それでもイサックの命と引き換えに、と言われれば、美月の理性はその言葉に支配されて、物事を冷静には考えられなくなる。

「保険は一つでも多い方がいいのですよね。もし私を拒否して、ヴァレリー魔導士が間に合わず、貴女の大切な『鍵』が死んでしまえば、その悲劇はまた新しい伝説になるのかもしれませんが」

機嫌よさそうに笑う男に、美月は心を折られて、唇を噛みしめる。

「さて、どうしますか？　私はどちらでも構いませんよ」

「……わかりました」

本当は死ぬほど嫌だ。そう思いながらも、美月は彼の隣に腰かける。できるだけ時間を稼げとヴァレリーは言ったけれど、その間にイサックの命が尽きてしまったら元も子もないのだ。イサックの毒に関して、エルラーンは何も語るつもりはないとわかってしまった。彼からこれ以上の情報を引き出すことは難しいだろう。

そもそも過去の記憶が引き起こす恐怖感に耐えながら、美月がこうしてエルラーンと対峙しているのは、イサックの命を救いたいからに他ならない。

「結局、貴女は唯一の『鍵』しか望まない……それでも貴女は私に従わざるを得ない」

微かに音を紡いだ唇は、次の瞬間、美月の唇を塞いだ。

「――私に触れられるのは、そんなに嫌ですか？」

彼の指が美月の首筋をすぅっと撫でて、耐え切れず声を上げてしまった。監禁されていた時の彼との記憶の断片を思い出し、美月は体を震わせる
「嫌だと答えたら、あの時のようにまた首を絞めるんですか？」

殺されるかもしれないという恐怖は合理的な思考を奪うのだ、と美月は改めて思う。

「ええそうです。あの時も貴女は嫌だと言いながら私に触れられて感じていた。だから今回も嫌だと言えなくなるまで続けるだけです。美月、貴女は今度こそ私のすべてを受け入れるべきです。私は二度目の儀式ですら、最後まで受け入れてもらえなかったのですから」

それは違う、と美月は声を上げたかった。勝手にシェラハン司教が、儀式の間にならず者を連れて来て美月を襲わせ、『鍵』回しの儀式をめちゃくちゃにしたのだ。あの時の恐怖が美月の顔をひどく歪ませた。

「あんな……酷いことをしたのは、貴方の側の人間じゃないですか」

思わず声が漏れた。だが彼は不思議そうな顔をして、首を傾げる。

「私がしたのではありません。あれはシェラハン司教が勝手に行ったことで、私のあずかり知らぬことでした。それに……あんな邪魔が入らなければ、貴女は私を受け入れたでしょう？」

その言葉に美月は思わずぎゅっと目を瞑ってしまった。確かにそうなのだ。あの時美月は自分を犠牲にしてでも、どんな手段を取ってでも、図書館の書庫の鍵を開けたかったのだから。

「あれの続きだと思えばいいのです。私も、あの魔導士もどれだけ貴女に惑わされて、苦しめられてきたか。……まだイサック殿は良いでしょう。経緯はどうであれ、貴女のすべてを手に入れたのですから。ですが私が感じている苦しみを、あの魔導士の男も同様に感じているはず。正式な『鍵』候補ではなかったあの王子はともかく、貴女を抱いた魔導士の方が苦しいのか。それとも、抱いてない私の方が苦しいのか。……どちらにせよ、何人もの男たちの心を奪った挙げ句、貴女は一番望む男を手に入れて、『錠前』として幸せな生活を送っている。ならばこれから私と同じ程度には、貴女も苦しんでいいはずです」

そんな台詞を怒りや苦しみまじりの表情や口調で言われたら、少しは彼の気持ちを慮《おもんばか》れたかもしれない。けれど彼はその言葉をまるで神の言葉のように、微笑みと共に口にするから、エルラーンが何を考えているのかわからなくなってしまうのだ。

「ああ、望んでいなくても、恐怖に怯えていても……貴女の肌は感じて張り詰めてしまうのですね。やはり……淫らだ」

気づけば着ていた簡易なドレスは彼の手で脱がされ、胸元どころか、下腹部まで露わにされている。確かに恐怖を感じているのに、イサックのために我慢しなければと思って美月は抵抗ができない。

一歩間違えたら、楽しくもないのに笑いだしてしまいそうな不安定な精神状態で、自分の過去の選択すら責められて、それでも不条理な彼の言葉を跳ねのけたくて、声を上げようとしたその時。

「ひぅっ」

温かい舌が美月の胸の先を這う。ちゅっと吸い上げられて思わず体が跳ね上がってしまった。

「気持ちいいのですか?」

「よくっ……ありませんっ」

顔を左右に振って否定する。

「貴女は目的を忘れていませんか? 私に抱かれ、絶頂に至って書庫を開けなければならないのです。……安心してください。私は貴女を気持ち良くさせるだけです。貴女はそれに抗わないこと。もともと淫らな性質なのだから、素直に感じればいい。儀式の時に私と過ごしたように……。恐怖と愉悦に啼きながら、媚薬を塗られた張り型を受け入れた時の貴女は本当に美しかった……」

やめて、と大声を上げて抗いたいのに、体を動かすこともできず、首を絞められる恐怖

にエルラーンの言葉への反論すらできない。

「気持ちいい、感じている、と言いなさい」

緩やかに首を指先が辿る。首を絞められた時の苦しさを思い出して、美月は身を震わせた。動けなくなった美月を見て彼は口角を上げて笑みを浮かべると、美月の双丘を手のひらで揉みたてながら、恐怖に起ち上がった蕾に唇を寄せる。ちろちろと舐めてはその先を吸い上げる。

ズクンというような疼痛を感じて、鍵を開けなければいけないのに、咄嗟にそれが愉悦に結びつかないことを願ってしまう。

「……今覚えている感じを素直に口にすればよいだけです。彼のために書庫の『鍵』を開けないといけないのでしょう?」

聞き分けの悪い子供に言い聞かせるように、彼が言葉を繰り返す。恐怖と怯えに理性が働きにくくなっている状態で、安定した穏やかな声は心地がよい。きっと普段から説諭をしなれているのであろう声は、低くてもよく響いて、脳裏にするりと入り込む。

「貴女は素直に感じればいいだけです。そうすることで貴女の大切に思っている人を守ることに繋がるのです」

ふっと彼が楽しげに笑みを浮かべた気がして、美月はぞっと背筋を震わせる。

「呪文のように唱えるだけでも良いのです。私に触れられて、気持ちいい、と言いなさい。そうすれば、貴女は『鍵』を開けられる」

彼がゆるりと美月の首筋をまたもや撫でた。背筋に怯えが這い上がってくる。

「……美月、気持ちいいですか？　素直に答えないなら、私はこの儀式をやめてもいいのですよ。ただし、イサック殿の命は保証できませんが」

「……っ、キモチイイ、です」

結局イサックの命を救うために美月はそう口にせざるを得ない。不条理を押し付けられながら、仕方なくその台詞を棒読みのように呟く。気持ち良くなんて……なるわけない。そう思っていたのに……。


前回の儀式の時は、美月にオイルを塗りつけただけで、決して舌を這わせようとしなかったのに、エルラーンは今、美月の下肢を大きく開いて、その部分に獣のように貪りついている。

「気持ちいい、と言いなさい」

繰り返される言葉に、美月は反射的に「気持ちいい」と答え続けていた。蜜口を舐められて、吸い上げられて、淫らな音が室内に響く。

「……きもちいい、です」

何度も言わされた言葉に、だんだん体が反応し始めている。気持ちが良いわけなんて、ない。イサック以外の男性とのこんなことは、絶対に嫌だと叫びたい。そう思いながらも、イサックに快楽をたっぷりと教え込まれた体は、心をなおざりにしたままでも、淫らな行為と言わされる言葉に徐々に支配されていく。

そんな自分が許し難く、それでも言いよどめば、イサックの命を盾に取るエルラーンに、美月は意思を曲げた言葉を何度も何度も口にさせられていた。

「あぁ……ダメっ」

次の瞬間、開かれた蜜口の端にある感じやすい芽に、エルラーンが唇を寄せ小さくキスを落とす。

「ダメ、ではないですよね。美月、なんて……言うのでしたか?」

瞬間、じゅっと音を立てて芽を吸い上げられる。

「はぅ、あぁあぁぁぁっ、キモチイイのっ」

瞬間、スイッチが入ったかのように体が跳ね上がり、愉悦がゾクンと体を支配する。ビクビクと体を震わせて、美月は達してしまう。頭と体の反応が乖離しすぎていて、自分でもよく理解できない反応が悔しい。

耐えきれず、ほろり、と涙が零れた。

「……ほら、理性では納得できなくても、淫乱な貴女は達することができるのですよ。本当に錠前に相応しく、欲望に素直で、快楽に脆い……」

彼は満足げに頷くと、美月をぎゅっと抱き寄せた。ゆるゆると背中を撫でられて、悔しさに奥歯を噛みしめる。

「さあ、すっかり準備はできた。あとは『鍵』を開けるだけです……」

彼は満足げに微笑むと、自分の前を寛がせる。

「美月、覚悟はよろしいですか？　貴女がどれだけ彼を望んでも、私と交わったあと、あの嫉妬深い男はそれを許してくれるのでしょうかね」

そう言いながら昂ったものを出すと、美月の溶けた部分に触れさせた。

（……嫌だ。やっぱり……こんなこと……）

すべてをイサック以外の人に奪われそうになって、美月はそれまで耐えていた気持ちが崩れ落ちる。自分が望んで、イサックのためにエルラーンを受け入れる決意をしていたはずだったのに。

「ああ、よく濡れている……。やはり貴女は淫らな性だ。きっと私に抱かれても安易に達するのでしょうね……」

愛情も何一つ感じられない、揶揄するような言葉と嘲笑に、美月は悔しくて涙が零れた。

「愛している、などと言っても人の気持ちは移ろいやすい。イサック殿も貴女のこんな姿を見れば、うんざりするでしょう。貴女だって世界を移ってまで彼を求めても、裏切られれば、愛していたはずの男を恨みながら、一人元の世界に戻るのかもしれませんね。脆弱な仕組みの上に成り立っているからこそ、『王立魔法図書館』は狙われるのですよ。利用しているつもりの貴女も、私と同じ犠牲者だ」

そんな美月を楽しそうに見つめると、彼は美月の蜜で濡れた屹立するものを、彼女の中にグイっと突き立てようとした。

第八章　王立魔法図書館を巡る攻防の果てに

イサックのためだから、と耐えようと思っていたのに、恋人以外が自分の中に入り込もうとする感覚が我慢できず、発作的に美月はエルラーンの胸をついて腕の中から抜け出そうとした。

「嫌っ、やめて！」

「今さら何を言っているんですか、貴女は」

荒らげた声と共に、彼の手が伸びて美月の頬を叩いた。痛みより衝撃に、くらりと脳震《のうしん》盪《とう》を起こしかける。

「大人しく貴女は私に抱かれたらいい。そしてすべてを失うべきなのです」

驚き反抗する力を失った美月を、彼は改めて穏やかな笑みを浮かべながら抑え込む。

「無理やり私に貫かれて、『錠前』の資格をなくし、恋人からの信頼と愛情を失う。それが今まで何人もの『鍵』候補たちを苦しめてきた、『錠前』の最後に相応しい」

エルラーンは完全に美月の反抗心を奪うためか、うっすらと笑みを浮かべたまままもう一度美月の頬を撫でる。

「反抗せず従えばいいのです。そうすれば痛い思いをしなくて済む。どうしますか？」

彼は説法をするような穏やかな表情のまま、美月の喉元に手を回す。

「イサック……助けてっ……」

思わず声が漏れていた。それを見てエルラーンはニィッと口角を上げて笑う。

「いくらでも助けを呼んだらいい。ですが助けは来ませんよ。彼は死ぬんです。美月が私を拒否したせいで、書庫の『鍵』は開かず、貴女のせいで命を失うんですよ」

エルラーンは楽し気に笑い、美月の両足をしっかり押さえ込んで、耳元で囁く。

「それとも愛する男のために、このまま世界で一番嫌いな私に抱かれますか？」

「……っ」

イサックの命をまた盾に取られて、美月は目を見開く。次の瞬間、目を瞑り、諦めたように呟く。

「……わかり…………」

「――美月、そんな男の言うことを受け入れるな」

心地よく響く声と共に、ぶわりと緑の風が流れ込む。

刹那、美月を抑え込んでいた男はその緑の風に吹き飛ばされ、次の瞬間、美月を抱きしめているのはずっと彼女が求めていたその人だった。

「……イサック。なんで？」

毒薬に倒れて意識すらなかったはず。なのに、なぜいつものように美月を抱きしめてくれているのだろう。

「美月は俺の名前を呼ぶだけでいい。お前が助けを求めたら、助けに行く、と約束しただろう？　今回もいろいろ邪魔が入ったが、最後にお前を抱きしめるのは俺だ」

ふっと美月に笑いかける男に、エルラーンは鋭い視線を向けた。

「この……死にぞこないが！」

「また美月を手に入れそこなったな。最後のチャンスだったんだろうが……もう二度と次はない。そして美月は俺のものだ。金輪際、誰にも渡さない」

イサックの言葉にエルラーンは一瞬、傷ついたような表情を浮かべる。美月は見慣れないエルラーンの様子に思わず目を瞠った。

「結局貴女は、彼しか選ばないのですね……」

深い嘆息を漏らす彼の言葉に、イサックは眉を顰め、美月はそのまま何と答えていいのかわからず、声を発することができなかった。

「まあイサック殿の命を引きかえに、貴女を手に入れようとしたのは私ですから、貴女が誰を一番に考えているのかは、最初からわかっていました。……ですが、やはりどうやっても、貴女も図書館も私の手には入らないのですね」

ふらり、と儀式の間を出ていく男のあとを追おうとして、美月が咄嗟に一歩足を踏み出した瞬間、イサックが美月の肩を摑む。どうやら足がもつれたらしい。普段の彼らしからぬ動きに改めて見上げると、イサックの顔色が酷く悪いことに気づいた。

「イサック、さっきまで毒で倒れていたのに、体は大丈夫なの？」

慌てて回復の魔導を掛けて、彼の様子を確認する。イサックは苦笑を浮かべつつも肩を竦めるばかりだ。

「……何があったのかは知らん。俺はお前の声が聞こえたから飛んできただけだ。……そもそもなんでエルラーンがお前を連れて儀式の部屋にいたんだ？　俺は……毒に倒れていたのか？」

「そうか、イサックは全然覚えていないんですね。ライラの放った矢に遅効性の毒が仕込まれていたみたいで、それでイサックは倒れたんです。でもその毒の正体がわからなくて、イサックを救うために、私はどうしても書庫を開けなければならなくて……」

美月の言葉にイサックの顔がみるみる不機嫌そうになっていく。

「美月、お前は馬鹿か。だからと言って、あの男を……」

言いかけて、イサックははぁっと深い吐息を漏らし、ぐしゃりと自らの髪を掻き上げて、なんとか感情を抑え込む。

「……いや、逆の立場なら、俺もそうするかもしれないな。その想像は非常に気に食わないが。それはそうと、まずはあの男がどこに向かったのか確認するぞ。図書館内はミーシャが抑えているから外には出られないだろうが、腹いせに図書館を荒らされてはたまらない」

回復の魔導で体が少し楽になったのか、イサックは美月に騎士の魔導で服を着せると、普段通りの足取りで歩き始める。美月は慌てて彼を追った。

「毒はヴァレリー魔導士が何とかしたんだろう。よく知らない魔導士らしき男がもう一人、目が覚めた時に枕元にいたからな。とにかく解毒はしたけど無理はしないように、と言われたが……」

ということは、ヴァレリーの解毒剤が何とか間に合った、ということなのか。先を歩くイサックの様子が、徐々に普段通りに戻りつつあることに、美月は深い安堵の息を漏らした。美月は彼の手を取り、互いに手を繋いで儀式の部屋を出る。すると図書館内の廊下をすごい勢いで飛んでくるミーシャとぶつかりそうになった。

「ミーシャ、どうしたの？」

びっくりして声を掛けると、彼は一瞬こちらを振り向いて、時間が惜しいとばかりに言葉少なく応える。

「イサックが無事でよかった。けど、今度は図書館がピンチなんだ。何かに襲撃されている。ごり押しで結界が破られそう。ちょっとオレ、そっちの対処をするから」

そのまま玄関に向かっていくミーシャを見て、追いかけるべきかと迷う。

「美月。あれ……」

だがイサックが指さしている方向を見て、閉じているはずの図書館の閲覧室の扉が開いていることに気づいた。

「お前の持ち場はこっちだろう？　……行くか」

「はい、行きます」

何が起きているのか不安を覚えながら、閲覧室に入り奥へ足を進める。だが入口から奥まで、何か異変が起きているような気配は感じない。ほっとして書庫に入る扉の前まで行くと、そこにぼうっと立っているエルラーンの姿を見つけて、美月は違和感を覚えた。

「……エルラーン司祭、何をしているんだ？」

イサックの声に、彼はゆっくりと振り返る。何とも言えない不思議な笑みを浮かべた彼の手のひらには、蒼い色の炎が揺らめいていた。

「──っ」

本はすべて紙でできている。当然火気は厳禁だ。咄嗟にエルラーンを止めるために駆けだそうとして、美月はイサックに捕まった。

「イサック、離して！」

その腕から逃れようと暴れるのを彼が抑え込む。

「……その火をどうするつもりだ？」

イサックが冷静な声で目の前の男に向かって尋ねると、彼は困ったような顔をして、息を小さく吐き出す。

「美月のお気に入りの魔導士と違って、私は黒魔導を使うのは苦手なのですが」

そう答えながら、彼は炎をさらに大きくする術式を唱える。

「この図書館を燃やせる程度の火は起こせるようです」

その言葉に美月は悲鳴にならない声を上げる。唇に手を押し当てて目の前の男を睨みつけた。

「なんでそんな酷いことができるんですか」

「この魔導書は、一部の権力者だけのために利用されるものだからです。そしてこの魔導書を守るために、どれだけの人が犠牲になってきたかおわかりですか？　この国においてはこの図書館を巡り何度も血が流れています。王族のために存在し続ける図書館なんて、なくなってしまえばいいのです。人の命は、本より大事ですよ」

炎に照らされて、エルラーンは本来の美貌も相まってこの世の人間とは思えない。それが酷く不吉に思えて、美月は彼の暴挙を止めようと、自分を捕らえているイサックの手を軽く押さえ、一歩足を踏み出す。

「エルラーン司祭、貴方はこの国の人々のために、図書館の本を燃やそうというのですか？」

彼女の声に、視線を上げたエルラーンは、うっすらと唇の端に笑みを浮かべる。

「ええ、人が死ぬよりましでしょう。たかが本、たかが魔導書なのですから……。少なくともこの図書館のせいで、新たな悲劇が生まれることはなくなります」

彼はうっとりと自分の手のひらの上で燃え盛る炎を見つめている。彼の黒い瞳の奥には、炎が移ろい、美月はその不穏な光景に、戦慄が背中を駆け抜けるのを感じた。

「それは違います。……本を利用する人間たちに罪があるのであって、本には一つも罪はありません」

一歩、もう一歩と彼の方に足を進める。イサックは迷いながらも、美月と手を繋いだまま、彼女が前に進むたびにゆっくりと足を踏み出していた。

「貴方が今燃やそうとしている、本の一冊一冊には、何人もの人生の、本当に大事な時間が費やされているのです」

美月はすぐ傍にある書架から、一冊の本を抜き出して、手のひらで表紙を撫でる。

「この本にだって、少しずつ積み重ねてきた人類の叡智がつまっているの。どんな理由があっても、それを灰塵《かいじん》に帰すことは許されません」

もう一歩。エルラーンの手の届くところに踏み込むと、彼は美月の勢いに気圧されたように一歩後退さる。

「ねえ、聞いて。エルラーン。これは一冊の本にすぎないけれど、この本が残っているかぎり、そこに書かれた過去の人間の言葉を、今の世界に伝えられるの。本は、単なる紙が集まっただけのものじゃない」

ゆっくりと視線を上げて、自分より高い位置にある司祭の目をじっと見つめる。イサックは既に美月を止めることを諦めたようで、彼女のすぐ後ろで、何があっても対応できるように、剣の柄に手を掛けたまま、二人を見つめている。

「それにね、私のいた世界には、こんな言葉があるの。『本を焼く者は、やがて人間も焼くようになる』――って」

その言葉を発した瞬間、エルラーンの視線が揺らぐ。

「人を殺すことは最大の禁忌だと貴方は言っていましたよね。本を燃やすことは過去に生きてきた人たちを殺すのと一緒だと私は思う。罪は本にではなく、正しく使えない私達にある。けれど、本が残っている限り、正しく使う機会はまだ残されている。でも燃やされてしまったら、二度と戻ってこないし、その言葉も殺されてしまう。エルラーンの話を聞いたから、この図書館の本が貴重で、それをめぐって人が争いを起こすほど危険な存在であることはわかった。でもだからこそ、その本を有効に使える方法を考えることが大事なんじゃないかな」

美月の背後で、エルラーンに対して警戒を続けているイサックは、それでも美月の想いを汲んで、あえて美月の行動を止めようとはしない。その気持ちが嬉しい。

「……美月」

彼女の言葉に、エルラーンの視線が揺らぎ、そっと自分の手を見て小さく息を吐く。

「……確かに本に罪はありません。そして人が人を愛することにも罪はないのでしょう、きっと……妄執が人を変えてしまうことはあっても」

彼の手から炎の勢いが弱まっていく。

もう一歩。いろいろと思想の違いはあるけれど、孤児院の子供たちを救おうと戦っていたエルラーンであれば、心を壊してしまった兄弟子の面倒を見続けている彼であれば、きっと本来の性格は悪ではないはずだ。そう思いたいし、できれば信じさせてほしい。

だが美月が歩みを進めた瞬間、脳裏と耳に二つの声が響き渡った。

「ごめん、美月。結界が破られた。教会軍が侵入してくる！」

『美月、警戒しろ。図書館に襲撃者が入ってきたぞ』

図書館の声は直接他の人間に聞こえない。しかし閲覧室内に響き渡ったミーシャの声に、イサックは状況を理解したらしい。咄嗟にイサックは扉の方を向いて、来るべき襲撃者から美月を庇おうとする。

「エルラーン司祭を捕らえよ！」

そう言いながら閲覧室に飛び込んできたのは、攫われたあと、一度だけ美月が会ったことのある男だった。しかしイサックを警戒しているのか、彼らは入り口付近で止まり、それ以上前には進んでこない。

「コンスタンチノ大司教……」

その男は、美月を捕らえるように指示を出した人間だとエルラーンが言っていた。しかもそのあと、美月の命を奪って処分するようにと言っていたらしい。

ちらりと一瞬、男の目が美月に向かう。その視線はまるで聖職者にふさわしくない殺気を帯びているように美月は思えた。だがイサックが美月を庇う様子を見ると、男は何事もなかったかのように、すいと視線を逸らす。

「反逆者エルラーンを捕らえよ。その際、生死は問わない」

その言葉と同時に、男たちは持っていた弓を放つ。流れ矢が美月の方に飛んで来ると、イサックはそれを黙って剣で叩き落とした。

「エルラーン司祭を殺害し、口封じをするつもりか？　ここで武器を使うことは禁じる。ここは王立魔法図書館だ。イスヴァーン国王所蔵の建造物内とわかっていての狼藉か？」

「エルラーンを何としても捕らえよ。それ以外の命令は聞く必要がない。周りにいる人間たちも場合によっては排除して構わない」

コンスタンチノは薄ら笑いを浮かべ、イサックの制止を無視する。美月はコンスタンチノがどさくさに紛れて、自分たちも処分しようとしていることを察して、思わずイサックを見上げる。

「美月は俺が守る。お前が図書館を守ったようにな……」

彼は美月の目を見つめると口早に言い、美月を本棚と自分の間に匿った。

「大司教様……私たちはどうすれば……」

「討たねば、神に対する反逆者として、教会本部にお前たちの行動を通達するぞ。神の意思に逆らうのか？」

脅しともとれる言葉に迷いながらも、教会軍の兵士たちは次々に弓を引く。イサックは美月の盾となり、飛んでくる矢を剣で叩き落とし続けた。

「いい加減にしろ、こんなことをしたらお前たちもただではすまないぞ」

そうイサックが声を上げた瞬間。

「やったぞ！」

男たちの歓声に、美月はハッと後ろを振り向く。刹那。

「いやぁぁぁっ」

美月は目の前の事態に思わず悲鳴を上げてしまっていた。

「イサック！」

矢が胸に深く刺さり、本棚の方に体ごと倒れそうになっているエルラーン。空間を飛んだのだろう、咄嗟に本棚との間に自分の体を入れてエルラーンを支え、彼の持っている火炎魔導の延焼を避けようとするイサック。その彼の小手に炎が飛び、ゆっくりとだが確実に炎が燃え広がっていく。

「美月が管理している大切な本を燃やしてたまるか。エルラーン、炎の魔導を止めるんだ」

だが左胸を射抜かれたエルラーンは力なく首を左右に振る。

「止め……られない」

術者が生死の境をさまよっているので、魔導が暴走しているのだろうか。ばぁっと先ほどより威力を増した炎は激しくなるばかりだ。だがエルラーンを支えているイサックはそれでも彼を離そうとしない。

「イサック、その手を離してっ」

悲鳴のような声を上げて、彼の方に走り出そうとした瞬間、閲覧室内に侵入してきたコンスタンチノは護衛がいなくなった美月の腕を捕らえ、いやらしい笑みを浮かべた。

「ここが王の持ち物？　ええ。イサック殿。わかっておりますよ。ですが教会としては、その大罪人エルラーンを見逃すわけには参りません」

美月は叫びながら、その手を振り払おうとするが、じりじりと燃え続ける炎はイサックの衣装を舐めるようにますます広がっていく。

「だめ、イサック……火を、誰か火を消して！」

「執愛の挙句、エルラーン司祭は、図書館の『錠前』を殺してしまった。その場に駆け付けた私たち教会軍は、人の心を失ってしまったエルラーン司祭を、命を奪ってでも止めないといけないことになるのです」

悦に入った様子でコンスタンチノは笑むと、気が狂ったように叫ぶ美月を無理やり抑え込み、腰からゆっくりと飾り刀を引き出す。

「それにしても、図書館の警備は精霊に頼っているのだか何だか知りませんが、守りが少々手薄すぎませんか？　たかだか百人の教会軍にここまで侵入されるとは」

薄ら笑いを浮かべながらコンスタンチノが持っているそれは、刃を潰した神事用のものとは違って、鋭利な刃物が持つ光を放っている。

「美月っ」

イサックは咄嗟にエルラーンを離し、美月の元へ戻ろうとするが、自分自身にも火がついていることに気づき、視線を閲覧室入口に向け、動きを止めた。

「そして、『鍵』であり、図書館の騎士であるイサック殿も『錠前』を庇って命を失う。また一つ、『鍵』と『錠前』の悲劇が増えるのですね。司書としては、この図書館に関する新しい話が増えて嬉しいのではありませんか？」

そう言いながら、男は抜き放った剣を、振り向いた美月の左胸に突き刺そうとした。美月はその鈍い光を見開いた目で凝視することしかできない。

瞬間、キンという鋭い金属音がして、その光が跳ね飛ばされ、遠くに飛んでいく。

「ゴメンね。遅くなった。美月を危険な目に遭わせたら、イサックに殺されちゃう」

咄嗟に美月を庇って、刀を跳ね飛ばした彼は、優しい琥珀色の瞳で美月の無事を確認すると笑顔を見せた。

「アルフェ王子……ありがとう」

「……美月、大丈夫？　怪我してない？」

「で。こっちは火を消せばいいのか」

王子の隣に飛び込んできた魔導士は瞬間、術式を唱えていた。

「あ。……本に水はまずいんじゃないの？」

「周辺の酸素を消す方が早い。イサック、息をしばらく吸うなよ」

その言葉と共に発せられた術式のお陰で、燃える材料を失った炎は瞬時に消えていた。

「酸素？　……よくわからないけど一瞬で消えたね。とりあえずイサックが消し炭にならなくてよかった」

いつも通りとぼけた会話をしている二人の姿に、美月は安堵で膝が崩れそうになる。それを必死に耐えて、次の瞬間、美月は座り込んでしまったイサックの元に走り出した。

「イサック、イサック、大丈夫？」

炎は消えたが、イサックの腕は酷い火傷を負っている。肉の焦げるような匂いに、美月は心配でおかしくなりそうだった。

「……ごめんなさい。痛いですよね、私、何かできること……」

「ああ、大丈夫だ。命に別条はない」

意識を失っているエルラーンをそっと床に下ろして、イサックはドンと崩れるように床に腰を下ろした。

「もう、なんでこんな無茶をするんですか！」

「お前にとって、図書館の本は守らなければいけない大切なものなのだろう？」

「そうですけどっ！　私は本より何より、イサックが一番大事なの。なんで……」

涙がぼろぼろと零れる。イサックはそんな彼女を慰めようと手を伸ばしかけて、痛みに顔を顰める。

「その火傷……」

今度はどのくらい酷い傷跡になってしまうのだろうか。いや、火傷は人の命を奪うことすらあるのだ。イサックは大丈夫なのか？　そうでなくても、自分のせいでイサックは傷だらけなのに、と感情が暴れまわり、涙がますます溢れてきそうだ。美月はイサックに縋りつきたいのに、縋りつくわけにもいかず、おろおろと彼の手を見てはまた新たに涙が眦に浮かび、止まる気配がない。

「……美月、落ち着いて。今の美月だったら、このくらいの怪我なら、跡形もなく治せると思うよ……」

そんな美月を見て取ったのか、柔らかい声がかけられ、背中に温かい手のひらを感じて、ゆっくりと視線を上げる。にっこりと笑うアルフェと肩を竦めるヴァレリーが彼女を守るように立っていた。

「白魔導に関するお前の適性は高いと言っただろう？　その程度の治癒はできるはずだ。さあ、試してみろ」

魔導修行の時はいつも真面目で厳しいヴァレリーの言葉に、美月は小さく頷く。ゆっくりと息を吸い込んで、想いの丈を込めて、回復の術式を唱えた。

いつもより早く、もっと大きな範囲で、彼をすべて癒してほしい。焼けただれた腕は元の通りの美しい肌に戻るように。今彼が感じている痛みを、代わりに自分が受けても構わないから。祈るたびに、緑の光は大きさを増して、充分な広がりを見せる。未だかつてない大きさに広がったその光は、ふわりと美月の手のひらから、イサックの元に飛んでいき、特に怪我の酷かった腕を中心に彼の体に浸透していく。体全体が緑の光で包まれ、彼は驚いたように自分の手に視線を落とす。

「……本当に美月は魔導の腕を上げたな」

イサックはみるみるうちに元の肌の色を取り戻していく自らの腕を見て、感嘆の声を上げた。最後に立ち上がると元通りになった手をパタパタと振り、一瞬目を瞑ると、ゆっくりと目を開けて、視線を辺りに向けた。

「……ということで、厄介な火も無事消化できたことだし、ここから先はお前の思惑通りに行かせはしない」

ゆっくりと手のひらを下にすると、閲覧室から外に出る扉を開けるために右往左往して、室内にとどまっていた男たちは、コンスタンチノを含めて全員、床に押し付けられたように動きを止めた。いつの間に閲覧室の扉が閉まったのだろう、と美月が不思議に思っていると、扉の前には見慣れない若い魔導士が立っていて、何らかの魔導で扉を守ってくれていたらしい。その青年はヴァレリーに向かってにこにこと笑みを向けた。

「なるほど。これが図書館の騎士が、図書館でのみ使える魔導ですか。文献で拝見したことはあるのですが、実際に見るとなかなか興味深い」

好奇心に目を輝かせている魔導士を見て、ヴァレリーが苦笑する。

「研究は全てのことが終わってからにしてください。モーティス上級魔導士殿」

「もちろんです。こんな状態では、さすがの私も落ち着いて研究なんてできませんからね」

そんな悠長な会話を交わしている間も、男たちは逃げ出したくても動くことすらできず、うめきながら、床に這いつくばっている。

「コンスタンチノ。お前の犯した罪は、自身で償うよりほかないようだ。そしてエルラーンも自分の罪を自らで償うことになるだろう」

胸を射抜かれたまま、意識を失っているエルラーンを見下ろすと、イサックはゆっくりと立ち上がり、床に平伏させられているコンスタンチノの前まで歩いていく。

「お前が『錠前』である美月を拉致するように指示を出して、挙句、発覚を恐れて処分しようとしたことはわかっている」

「そうそう、それに前の事件でも主犯はシェラハンじゃなくて、お前が黒幕だったみたいだね。最初のジェイの石化事件から全部……。王族を害したのであれば極刑はまぬがれない。そこら辺は既に調査済みで、証拠と一緒に王宮に報告しておいたからね。たぶん、今日明日中には、教会にも連絡が行くと思うよ。悪事を隠そうと動けば動くほど、発覚しやすくなるって覚えておけばよかったのに。とはいえ……教会軍まで使ってここまで派手なことをするのはこっちとしても予定外だったけど……。まあ、大事になったおかげで教会の不穏分子は一網打尽になったから、それはそれで良かったのかなぁ。穏健派のナザーリオ総大司教も責任を取らざるを得ないかもしれないけどね」

イサックの隣に立ち、男を見下ろしながら笑顔で王子が言うと、コンスタンチノは反論する言葉を失って黙り込んでしまう。

「あのね。今、ミーシャとボクとで図書館の結界を補強してきたから、今庭と森にいる教会軍は、王子が呼んだ近衛騎士団に制圧されると思う。図書館の中の教会軍は、イサックが取り押さえたみたいだしね。とりあえず、イサックお疲れさま。図書館の本が燃えなくて、本当に良かったよ」

サーシャがアルフェ王子の肩の上に前足を置いたまま、くすくすと笑う。

「ってことで面倒だけど、ミーシャも結界の維持でクタクタっぽいから、ボクがこっちの後始末を手伝うよ。まずはこの人達を、庭に出して近衛騎士団に引き渡さないといけないよね」

それだけ言うと、サーシャはまるで見えない箒で掃き集めるようにして、男たちを一塊にすると図書館の閲覧室から外に移動していく。男たちは見えない縄で縛られているかのように、自主的に動くことができないようだった。

「…………」

思わずその光景に美月は目を丸くする。精霊というのは、物理の法則を普通に無視して行動できるのかもしれない。いやそのあたりをヴァレリーに尋ねたら、物凄く詳しくて、難しい説明をされそうな気もするけれど。

「……ううっ」

その時、微かなうめき声が聞こえ、美月は矢が刺さった状態で放置されていたエルラーンの様子を確認するためにゆっくりと近づいていく。

「ふむ、これは心臓を射抜かれている。回復の魔導でどうにかなるレベルじゃなさそうですね」

モーティス魔導士、と言っただろうか。その男がいち早く、エルラーンの元にたどり着き、床に横たわった司祭の様子を確認する。そして彼の胸の矢を、魔導を使って体を傷つけないように抜くと、何か丸薬のようなものを魔導士のマントの内側にあるポケットから取り出して、胸の傷に押し込んだ。

「モーティス魔導士。何をしていらっしゃるんですか？」

ヴァレリーにもその行動の意味がわからなかったらしく、その場に座り込んでエルラーンと満足げに頷いたモーティスの様子を見つめる。

「この男を、このまま死なせてはいけないのでしょう？　であれば、回復するように魔導薬を処方しました」

「ですが……回復の魔導ではどうにもならない、と先ほどおっしゃってましたよね」

「ええ、魔導では致死の傷を直接癒すことはできませんが……この薬を使えば、通常の生命活動を最低限に押さえ込むことができます。そしてわずかな活動は治癒に使われ、ゆっくりですが確実に体を修復させることが可能です。ただし時間は膨大にかかりますが」

「……それは、竜人族の秘伝の薬、ということでしょうか」

ヴァレリーの言葉にモーティスは小さく頷く。

「ええ、そうです。ですので彼の命は助かるでしょうけれど、目覚めるのは三～四十年後になる計算です」

その言葉にヴァレリーは目を瞠ってから、小さく苦笑を浮かべた。

「なるほどな。それだけの時間が経てば、あの男も『錠前』でなくなった美月に執着することはなくなるかもしれないな」

彼の言葉にモーティスは小さく頷いて同意を表す。いつの間にか美月の傍に来ていたアルフェがそっと美月の袖を引いた。

「イサックに使用された毒って、竜人族が使う毒だったんだって。でもって、モーティス魔導士がイサックのために解毒薬を処方してくれたらしい。ただ、一族の秘伝だから、ヴァレリーにもそのレシピは教えられないって言って図書館まで来てくれたんだ。ちなみにああ見えて五十歳になるんだってさ」

こっそりアルフェが美月の耳元で囁く。つまり目の前の年若く見える魔導士は、イサックの命の恩人ということになるらしい。美月は自然に深々と頭を下げていた。

「あの……モーティス魔導士様、イサックを助けてくださってありがとうございます」

美月の声に、彼は気軽に手を上げて答える。

「お役に立てたのならよかったです。……さて、この男も外に連れていきましょう」

そう言うと、モーティスはエルラーンの体を横になったままの状態で魔導を使い宙に持ち上げる。彼が歩き始めると、エルラーンの浮いた体は彼の後ろをついて動き始めた。それを確認すると、美月にイサックがエスコートの手を差し伸べる。まだ残っていたらしい涙の跡に指先で触れて、イサックは目元を緩めた。

「……俺のために、また泣かせてしまったな……」

困ったように呟く彼が愛おしすぎて、美月はエスコートの手を無視してその体に抱き着く。彼が美月を抱きしめると、いつものように深い森の香りがして、美月はほっとして、やっとこれで彼と共に暮らす生活に戻れると、心まで幸せな気持ちになった。

「すごくつらくて、苦しかったけど……。イサックが無事だったから、私はそれでっ」

なのに、ほっとしたら涙が止まらなくて、子供みたいに嗚咽してしまっていた。ぎゅっと縋りつくと、大きな体が美月を受け止めて、優しい腕が美月を囲う。なんども背中をさすられて、彼の存在を実感して、ようやくゆっくりと呼吸が落ち着いてきた。

「心配させてすまなかった……。俺もお前が心配で……。けれど美月は俺が思ったよりずっと強かったな……」

彼の言葉に美月ははっと顔を上げる。

「そうですよね、お互い、いっぱい心配しましたよね。その分、私は本当にイサックが大好きなんだなって、何度も思い知らされましたけど。イサックが好きだから、私、頑張れたんだと思います」

「まったくお前は……せめて、頑張った美月を、今暫くだけ甘やかせてくれ」

イサックは耐えかねたように美月を抱き寄せてもう一度強く抱きしめる。閲覧室の外に誰もいなくなっていたことを確認すると、美月がずっと見たくてたまらなかった彼らしい温かい笑みを浮かべる。何度も何度も頑張った美月を褒めるように背中をさすり、頬を撫でて、優しくキスをした。

※　　※　　※

「うーん、これで一件落着、かな？」

次々と囚われていく教会関係者を見送りながら、アルフェは空を見上げる。

長い一日がそろそろ終わりにさしかかっている。既に外は日が暮れて、月が中天高く明るい姿を現していた。

みんなより少しだけ遅れて図書館の外に出た美月は、今まで図書館で見たこともない大勢の人間が右往左往している様子に、思わず目を見開いていた。

攻め込んできた教会軍の人間は思ったより多く、百人ほどだろうか。だが近衛騎士たちはその三倍以上はいるようで、教会軍の人間も、既に逆らう気力がなさそうだ。つぎつぎと手枷をはめられ、鎖でつながれて引き立てられていき、コンスタンチノ大司教も最重要人物として、手枷をはめられて、騎馬の後ろに乗せられる。そのまま近衛騎士団に囲まれて、護送されて行くようだ。

「……………」

ふと美月は床の上に寝かせられたままになっているエルラーンの様子を窺う。彼は何を求めてこんな事件を引き起こしたのだろうか。そして彼が捕まってしまったら、あの孤児院の管理は誰がするのだろうか。せめて……あの子たちが今までと同じ生活が続けられるように、外からでも、できる限り尽力しようと美月は思う。

次の瞬間、月の光が陰ったような気がして、美月は顔を上げた。そこに見えたものの姿に、思わず目を見開いた。

「美月っ」

すぐ傍にいたイサックが美月の体を抱いて、空間を飛んで一気に引き下がる。その瞬間、美月のいた場所に舞い降りた竜は、やんわりとエルラーンの体を口で咥え、再び飛び立った。

「……ライラ？」

竜の上に居た小さな姿に美月は思わず声を掛ける。声は到底届かないように思えたけれど、何故か彼女は一瞬こちらを見て笑ったような気がした。

「エルラーン司祭様は、誰にもあげないわ……。大切にしないのなら彼は私のものにする」

風に乗って届いて来る声は、小さな子供の声なのに、その響きは成熟している女性のように思えて、美月は驚きの声を上げていた。

「なんで？　ライラが竜に乗っているの？」

「ライラというのは、あの子ですか？」

いつのまにか美月の傍らにいたのは、モーティス上級魔導士だった。

「ええ……そうです」

「十年以上前から孤児院にいて、姿は未だに五歳程度。それなのに野生の竜を自分の意のままに自由に動かせるということならば……」

ふっと彼は飛び去った竜を見上げて、小さな笑みを浮かべる。空にはライラを守るように、何羽もの竜が、彼女を乗せた竜を取り囲んでいる。それからゆっくりと竜の群れは、大きな羽根を広げて、深い森の奥に向かって飛び去って行く。月に照らされて悠々と飛ぶ竜の姿はとても幻想的で、美月は言葉をなくしてその様子をただ見送っていた。

「そして、あれだけの竜を従えているのなら、彼女は竜人族の王の血統なのかもしれないですね」

彼の言葉に美月は首を傾げる。

「ライラが、王？」

「ええそうです。私も竜人族の末裔の一人ですが、人と交わったためその血統は遠いのです。そして竜人族は王に近いほど竜との血脈が濃く残っており、年を取るのが遅くなる。私は人の倍程度の速度でゆっくりと年を取りますが、竜に近い血脈を持つ彼女は、人の三倍から四倍ほどの時間を掛けてゆっくりと年を取る計算になると思います」

美月は既に姿の見えなくなった竜のあとを追いかけるようにして空を見上げた。

「そして女王である彼女がエルラーン司祭を、竜の森の奥深くに連れていったのなら、もう誰にも手出しはできません。そして私の与えた薬の影響で、体が癒えてあの男が目覚めるのは今から三十年から四十年後」

ふっと彼は小さく笑みを浮かべる。

「目覚める頃には、彼女は生殖可能年齢に達しているかもしれません。あくまで可能性の話ですが……」

「その話を聞くと、モーティス魔導士殿の動きを含め、少々、ライラ嬢に都合のよい展開のような気もしますが、意図的にされたことですか？」

ヴァレリーがゆっくり歩み寄り、モーティスに尋ねる。美月もイサックも、その様子を眺めることしかできない。

「……さあ。ただ私は竜人族の末裔として、持っている知識を使い、イサック殿の解毒をし、エルラーン司祭に少し治療を行っただけです。もちろん結果として……孤独だった女王が幸せになるのならよかった、と竜人族の末裔として思わなくはないですが。それ以上の思惑などありませんよ」

美月が決して受け入れることのできなかったエルラーンの執着を知った上で、彼の傍にいたのはライラだ。彼女はずっと献身的に彼を愛し支えていたのだろう。――そのライラの想いを彼が目覚めた時に気づけると良いと美月は思う。巡る因果のように、今度は彼自身が、ライラの作る執愛の蜜獄に囚われたことは、神の皮肉を感じなくもないけれど、それもまた彼にふさわしい運命なのかもしれない。

何よりこれから先、自分とイサックとの関係に、エルラーンからの横槍が入らなくなるであろうことに、美月は心底ほっとしていたのであった。

第九章　『錠前』は自ら望んで蜜獄に囚われる

「イサックが……いる。よかった」

　ゆっくりと目を開けた瞬間、いつもの朝のように彼の解かれた黒い長い髪が目に入って来て、ついで彼の腕の中に囲われていることに、美月は幸せな吐息を漏らした。

　騎士団たちが立ち去った翌朝の図書館は、いつも通りの静寂を取り戻していた。さすがに魔導と薬で回復したとはいえ、毒を盛られ火傷に見舞われたイサックは、事件が解決したことを確認すると、食事もとらずにこんこんと眠り、それでも夜中の間、美月は目を覚ますたびに、彼の腕の中にいることに幸せを感じていた。

　疲れていたのだろう。美月が目を覚ましたのは、いつもより遅い時間だ。それでも彼がちゃんと目覚めるか心配で、そっとその頬に手を伸ばす。

「イサック、起きて。昨夜は食事もとってないでしょう?」

　そっと口づけをすると、伏せられていた長い睫毛がゆっくりと動き、少しだけ寝ぼけた顔をした彼が目を開ける。

「ああ、美月。おはよう。……お前がいるだけで、最高の朝だな」

美月のキスにお返しをするようにもう一度キスが落ちてくる。

「うーんこれだけでは足りないな。お前が戻ってきたことをもっとしっかり実感したい」

次の瞬間、彼の声が艶っぽさを増すから、思わずドキンとしてしまった。美月も同じ気持ちだったから、受け入れるように彼に手を差し伸べた瞬間、扉の向こうから声が響く。

「いいかげん、昼になっちゃうから起きてよね」

ミーシャの声に、二人で目を見合わせてクスリと笑う。

「ああ、わかった。そういや昨日の夜は食べ損ねたから腹が減ったな。今行く」

そう答えると、イサックはいつもと同じように美月に手を差し伸べた。


「いただきます」

ダイニングに移動して二人で食事を始める。すると。

「みーつき。僕も朝から動き回ってお腹空いちゃった。なんか食べさせてよ」

「腹は減ってはいないが……お茶ぐらい付き合ってやろう」

待ち合わせをしているのではないか、と思うほどぴったりのタイミングで図書館にやってくるのは、アルフェ王子とヴァレリーだ。

「…………」

普段だったら『俺達の食事の邪魔をするな』と言いそうなイサックは、それでも仏頂面のまま二人分のカップを出してくる。その様子に美月は思わず小さく笑ってしまった。

きっとイサックなりに、この二人には感謝しているのだろう。

「でもって、イサック、体は大丈夫なの？」

美月がお茶を淹れると、イサックは何も言わずに二人にお茶を差し出す。毒を盛られて、大火傷まで負った翌朝にもかかわらず、イサックは普段通りに動けているようで美月はほっとする。

「ああ、この通り特に問題ない。美月の回復の魔導のお陰だな」

視線が自然に合ってお互いに微笑みあう。そんな二人を見て、呆れたように肩を竦めつつも、アルフェも柔らかく目元を緩め、笑みを浮かべた。

「まあ、イサックにとっては美月の存在が一番の元気の素だよね。それは僕もそうだけどさ」

「美月がいない間の、イサック殿の落ち込みようはすごかったからな」

からかうように言うヴァレリーの言葉を無視して、イサックはアルフェに尋ねる。

「で。あのあとはどうなったんだ？」

そのまま寝てしまったイサックも、彼から離れたくなくて図書館で一緒に時を過ごしていた美月も詳しい事情はまだ聞いていない。事件のあと罪人たちを護送して、王宮に顔を出す、と言っていたアルフェが一番新しい情報を持っているだろう。

「まあ今日にもイスヴァーン王国から、教会の総本山、レギリオ宗主国へ、今回の事件の関与について、質問状を送る予定だよ。あわせて今後レギリオ教会から『魔法図書館』に対する越権行為や内政干渉があれば、教会の活動自体をイスヴァーン王国から排除するという通達を出すみたい。国内の教会組織については、人事を刷新して様子見かな……」

アルフェの話に、イサックは眉根を寄せて厳しい顔をする。

「個人的には、即刻排除でもいいと思うが……」

「まあ、イスヴァーン国内でも教会の存在は大きいからな。心のよりどころとしている民も多い。そう一朝一夕に排斥するわけにもいかないだろう」

冷静に答えるヴァレリーは、ゆっくりとカップを傾ける。

「うん。万が一、国内の教会組織が破たんしたら、一番不安な思いをするのが、イスヴァーンで生活をしているごく普通の信心深い人たちだからさ。基本は維持の方向で考えている。問題は今回事件に関わってない穏健派をどうするかで、特に最高責任者のナザーリオ総大司教をどうするか、だよね。国内を穏健派で取りまとめるためには総大司教の名は残したいところだけど、状況によっては引責辞任することになるかもね。あ、コンスタンチノは昨日付けで教会本部から破門されたよ。その上で極刑を言い渡されることになると思う。彼は前回の事件と今回の事件の黒幕と目されているからね。それに消息は不明のままだけど、エルラーン司祭も正式に教会から破門された。まあ『錠前』を攫って監禁したんだから、当然だと思うけどね。ただ瀕死の重傷だったたし、なのにライラに攫われて身柄は拘束されてないし、どういう扱いになるんだろうね」

アルフェの言葉に美月は顔を上げる。

「エルラーン司祭の行方はやっぱりわからないの？　それからライラも……。そうしたら孤児院はどうなるの？」

美月の問いかけに、今度はヴァレリーが答える。

「孤児院に関しては、たぶんそのまま教会が管理するのではないか？　エルラーンの残した孤児院経営の功績は、一定の評価を受けているようだからな。そしてあの男の行方は相変わらず不明だ。モーティス魔導士の話によれば、竜の森と呼ばれている場所に、ライラもエルラーンもいるのではないかと。ただし、彼が診たてた通り、エルラーンが目を覚ますには、あと数十年の年月がかかる見込みだ。長寿な竜人族にとって、時間は大きな問題ではないらしいな。いつか治って目覚めれば良い、そういう意図で作られた薬が幾つもあるようだ」

研究という点においては、時間の制約が少ないというのは、羨ましいことではある、とヴァレリーは呟くと、お茶をまた一口飲んだ。

「まあそれも、彼を見守っているライラの気持ち次第なんだろうけどね」

用意されていたサンドイッチをつまみながら、アルフェ王子が頷く。

「……その娘は司祭が目覚めるまで待ち続けるのだろう。まあ、予定より早く目覚めて、こちらに害をなすようなら、今度こそ捕らえてやるが」

イサックは食事をし終えて一息ついたように椅子にもたれかかり、美月の顔を見つめる。

「……どうせ美月は、それでいい、と思っているんだろう？　望むのであれば、今から騎士団を総同員して、森を調べてまわってもいいが……」

きっとイサックはそうしてしまった方がすっきりする、と思っているのだろう。でも美月は孤児院で慕われていたエルラーンを知っているし、ライラがそんな彼を愛していたのであろうことにも気づいていた。

ふとライラに攫われた直後に言われた『エルラーン司祭様に頼まれたら、絶対にイヤって言えないんだ』という言葉を思い出す。惚れた弱みだと彼女は言いたかったのかもしれない。幼い見た目とは違って、彼女は大人の女性と同じだけの年を重ねていたのだから、孤独だった彼女は、優しく接してくれたエルラーンに恋をしていたのだろうと思う。

「はい、あの二人は探さなくてもいいです。それに……私は、私のするべきことをしないと」

ゆっくりとお茶のカップをソーサーに戻し、彼らを見上げて美月は宣言する。

「美月のすることとって？」

アルフェの言葉に美月は小さく笑みを浮かべた。

「図書館とこれから先、ここをどうやって管理すべきか話し合いをしようと思って」

そうすることを勧めてくれたのはアルフェだ。

「だってやっぱり本が悪いわけじゃないし。未来へ貴重な魔導を残そうって思った過去の魔導士たちが悪いわけでもない」

直接知っているわけではないけれど、マルーンの分館を巡った時に出会った魔導士たちはそれぞれに自分たちの研究を後世に遺したいと考え、自分たちの分館を作り上げたことを美月は知っている。そしてこの図書館の蔵書一冊一冊には、長年かけて自分の研究について記した魔導書を遺して行った、もっと多くの魔導士たちがいたはずなのだ。司書としてこの図書館に招かれたのなら、自分はそうした魔導書を後世に遺すために懸命に努力する責務があるのだと思う。

「そうだな、ここには先達の叡智の粋を集めた貴重な魔導書が数多くある。俺はこれからもこの図書館の本を研究したい。俺よりあとの時代の魔導士もきっと、そう思うだろう。だが誰かの犠牲の上にそれを行いたいわけではない」

自分自身は、『鍵』候補になったことで、こうして多くの魔導書に触れる機会が得られたことは悪くないと思っているが、と言ってヴァレリーは眼鏡の奥の瞳を和らげて笑う。

そう言ってくれるのは、彼の本心かもしれないし、少しは美月の負担を減らしてくれようとしているのかもしれない。イサックもその言葉に頷く。

「美月がそう思うのなら、直接話し合うべきだろうな」

「うん、そうだよね。というか直接話せるんだから、他の『錠前』達も、ちゃんと交渉すればよかったのに。人が死んだりいろいろなことがあったのに、今まで誰も話し合いをしてこなかったのがそもそも不思議」

「声は聞こえるけど、直接会ったことがないから、そういう交渉をする相手っていう感覚が薄かったのかも？」

アルフェの言葉に美月も頷く。話し合いをしている彼らの様子を見て、ミーシャは食事の皿を魔導で片づけながら、ごく普通のことのように尋ねた。

「話し合いをするなら、図書館の声の人物に、会いに行くの？」

「……会いに行く？」

一同が目を見開いて、声を上げる。

「うん、よく知らないけど、美月は図書館の声が直接聞こえるんでしょ？　だったらどこかに図書館って存在がいるってことじゃないの？」

なんとなく声が通じるから話せばいいと思っていたけれど、もしできるのであれば、直接会って話をする方が、気持ちが伝わる気もする。

『図書館、私と会って話をすることはできる？』

咄嗟に心の中で話し掛けると、答えがあった。

『ああ、こちらから行くことはできないが、お前が私に会いにくることは可能だ。会いに来たらいい』

「……会いに来たらいい、って言われた……」

呆然としたまま声を上げると、イサックは紫色の瞳をゆっくりと瞬かせた。

「お前が行くなら、俺はどこへでもついていく」

即答で返って来る言葉が心強い。

「で、どこに会いにいけばいいんだ？」

イサックの言葉に、美月は心の中で図書館に尋ねる。するとすぐに答えがあった。

「……え、あの。本当に？」

けれどその返答がこの図書館らしすぎて言葉を失う。美月はその内容がはっきりと理解できるにしたがって、じわじわと熱がこみ上げてきた。

「……どうした？」

イサックの問いかけに、美月は赤くなった顔を手で覆いながら、思わず下を向いてしまう。図書館にあんなことを言われたあとに、イサックの顔を直接見ることなんてできない。

「……なんか、僕、図書館の言ってきたこと、わかった気がする」

「こんな仕組みを考えるやつだ。いちいち付き合っていられない。俺は帰るぞ」

アルフェとヴァレリーはお茶を飲み干すと、席から立ち上がる。

「まあ、報告するべきことはしたしな。このところの騒動のせいで、ギルドに戻れば研究も山積みだ」

「だよね。僕も別件で王宮に呼び出されているんだった。また縁談だってさ。本当に面倒だよねえ……」

それだけ言うと、空気の読める二人は図書館をあとにする。

「……で、美月？」

恥ずかしさに耐え切れず、顔を机に伏せて突っ伏してしまった美月に、二人きりになったダイニングでイサックが声を掛けた。

「俺は一体どうしたらいい？」

そっと顔を上げると、彼は小さく笑う。

「……真っ赤だな」

するりと頬を撫でられて、さらに熱がこみ上げる。

「図書館になんて言われたんだ？」

「…………」

困ったまま彼を見上げると、ふわりと抱きかかえられてしまった。

「え、あの……」

「どうせ儀式をして会いに来いって言われたんだろう？　お前の様子を見たら想像はつく」

彼の言葉に美月は小さく頷く。

「はい。第五階層のもう一つ上の階層まで開ければ、図書館に会えるそうです。でもそれには、閉鎖された特別な部屋で、あの、いつもよりもっとたくさん愛し合って、二人の愛情の強さを証明しないといけないって……」

「……なるほど、そういうことか」

余計なことを言わないうちに彼は意味を理解してくれたらしい。図書館の書庫の階層の深いところまで開けるためには、より強い『錠前』の絶頂感が必須条件になる。この間の蔵書点検の時にも、第五階層まで開けるために、イサックは美月を長い時間掛けてたっぷりと愛してくれたのだ。さらに上となれば、もっともっと強い『絶頂感』が必要になるのだと、図書館に言われてしまったのだ。

「いつもよりもっと深く愛し合え、か。それは……俺にとっては都合がいいな」

「……え？」

ふっと唇の端を上げて笑うイサックは首を傾げて尋ねる。

「で、どこに行けばいいんだ？　儀式の部屋か？　お前と一緒なら俺はどこにでも行くが」

イサックの言葉はいつも迷いがない。美月はそんな彼の言葉に自分自身の不安が消えていくのを感じる。

「準備ができたら、招き入れてくれるそうです。じゃあ、もういいですか？」

その言葉にイサックが頷くと美月は心の中で言った。

『図書館に会いに行きます。私達を招いてください』

その呼びかけをした瞬間、美月は目の前が真っ白になった感じがした。一瞬イサックが緊張したように美月を抱き直す。その刹那。

「……ここは、どこだ？」

焦ったようなイサックの声に答えるように室内に声が響き渡る。

「ここは私が作り上げた空間。図書館の中でもなく、イスヴァーンですらない。魔導士たちが移動に使っている閉じた空間、を発展させたようなものだ」

普通に図書館の声が聞こえる。

「私に会いに来るのであれば、それだけの想いが二人にあることを証明してほしい。一度この部屋に入れば、互いが互いに満足しきるまで、私の元にはたどり着けない。互いの愛情がなければ、永遠にここに閉じ込められたままだ。ああ、安心してもらってもいい。外とは時間の流れが違うから、ここでどれだけ時間を過ごしても、戻る時には元の時間軸に帰ることになる。では……愛し合うがいい」

図書館の声が消えると、イサックはゆっくりと辺りを見渡す。

「ここには……何もないのか。愛し合えと言ったたって、座るための椅子ぐらい……」

そう呟いた途端、真っ白な長椅子が目の前に現れる。イサックは呆れたようなため息をつくと、そこに美月を座らせた。

「何か飲み物が欲しい」

次いで彼が呟くと、目の前には小さなテーブルが現れて、グラスに入った水のようなものが二つ出てくる。それを手に取ってイサックは一口飲む。

「……旨い。少なくとも欲しいと思うものはなんでも用意される、ということか」

彼から受け取ったグラスに唇を寄せて、無意識でその中の水を一口飲む。微かに果実の香りのついた爽やかな液体が喉を滑り落ちていく。この味はイサックが好む甘味のない果実水だ。

「私は温かいお茶が飲みたいです」

呟いた瞬間、机の上に今度はポットとカップが二つ出てくる。ポットに触れると温かく、蓋を開けると、美月が好む銘柄のお茶がなみなみと入っている。せっかくならお茶菓子もあればいいのに、と思った瞬間、机の上に日本でホテルのカフェに行った時に出てきた、アフタヌーンティのセットが登場して、思わず笑ってしまった。どうやらここは思念を実体化する場所らしい。

「……不自由をさせる気はないみたいですね」

「ああ、よけいなことに気を回すより、とことん互いを貪り食え、と言いたいようだな」

何故か剣呑なことを言うイサックを見上げると、彼はすうっと瞳を細めてどこか獣めいた笑みを浮かべる。次の瞬間、部屋の中心に現れたのは、大きなベッドだ。

「どれだけ美月を愛しているのか、図書館に証明しろというのならいくらでもしてやる」

それだけ言うと、彼は美月の手を取り、瞳を覗き込んで尋ねる。

「もう……準備はいいか？　俺はお前と再会してからずっとお前が欲しくて仕方ない」

その言葉に美月は持っていたカップを机に下ろしゆっくりと立ち上がる。飢えたような熱を持つ彼の紫水晶の瞳を見つめていると、その熱が自らにも燃え移ってくるようで、じわっと熱が体にこみ上げてくる。

「服も、もういらないな」

小さく笑った彼がそう求めた瞬間、互いに一糸まとわぬ姿になって、もつれ込むようにベッドに転がり込む。

「たとえ……」

　イサックの体が美月の四肢を抑え込む。拘束されているに等しい状態なのに、恐怖ではなく悦びがこみ上げてくる。それは他の男性では絶対に得られない感覚だ。熱を増した彼の瞳に射抜かれて、美月は彼に心まで囚われていることに気づく。

　イサックが美月の頬を撫でて囁く。

「たとえ、なんですか？」

　そう尋ね返すと、彼は言葉を続けていいのか、と言うように困った表情をして小さく笑った。その表情が美月の胸を切なく締めつける。

「このままここに囚われて、一生外に出られなかったとしても、美月を独占できるのであれば、俺は満足してしまうかもしれない、と思った」

　ゆるりと彼の手が美月の頬を撫でて、首筋を辿り、肩を抱くように触れていく。自分の形を確認するような彼の手の動きにドキドキと鼓動が高まっていく。

「エルラーンも俺も、お前に抱いている気持ちはさほど変わらないのかもしれない。今、図書館が作った、どこともつながらない空間で、お前を囲い込んで独占していることを、心の底から喜ばしいと思っている自分にも気づいている」

　狂気を帯びた瞳は、エルラーンから何度か向けられたことのあるものと酷く似通っている。それでも、イサックの光は美月に恐怖を与えない。ゾクゾクするような戦慄が背筋を駆け抜けていっても、それは甘い期待と淫らな欲望を呼び起こすだけだ。

「……私、イサックにだったら、この白い世界に永遠に閉じ込められて、囚われたままでもいいですよ……」

恋は残酷なものだと、誰かが言った気がする。確かに相手が違うだけで、同じことをされてもそれが、悦びになったり苦痛になったりするのだ。

（エルラーンにされたら嫌なことでも、イサックがするなら幸せに思えるって……確かにエルラーンからしたら不条理なのかもしれない）

誰かを好きになるということは、他の人を受け入れられなくなる。ということでもある。逆にイサックが自分以外の他の人を受け入れたら、絶対に許しがたい、と美月も思うだろうから。

「まったく……どこまでお前は俺を許すのか、時折、確かめたくて仕方なくなる」

ゆるゆると美月の輪郭を辿る手は、その存在を確認するように蠢いて、美月自身も火を灯されるように、全身が徐々に熱を帯びていく。

「……確かめてください。だって私は自分に魔導を掛けるくらい、イサックのこと、大切に思っているんですから」

ゆるりと彼の高い鼻をなぞり、頬に手を触れさせて、そっと口づける。

「愛しています。イサック」

じっとアメジスト色の瞳を見つめ囁くと、彼は一瞬泣きそうな顔をする。

「お前が攫われていた間、ずっと不安だった。お前という存在がこの世界から消えてしまう恐怖が一番だったが、お前の体だけでなく、心まであの男に無理やり奪われるのではないか、それともまた記憶を奪われ、俺との過去を忘れてしまうのではないか、とずっと……怯えていた」

強い力で抱きしめられて、彼の腕の中で、嗅ぎ慣れた香りの中にいると、自然と体から力が抜けていく。ホッとするし、幸せな気持ちにもなる。それはきっと理屈ではないから。

「心配かけてごめんなさい」

逞しいうなじに手を添わせて、彼の耳元に囁くと、イサックは小さくかぶりを振った。

「お前が好きだと言いながら、結局俺は自分のためにお前を望んでいるのだ、と思い知らされた。俺は傷つくお前を見たくない、失いたくない、その気持ちばかりで……」

彼の言葉に美月は小さく笑みを浮かべる。

「私だって、結局誰を傷つけても、最後にはイサックを選んでしまうのだから、やっぱり身勝手なんだと思います。だからエルラーンは、そのことにすごく怒りを感じていたのかも」

それでも、美月はイサックしか好きになれないから仕方ないのだ。こんな強い想いを複数の人に持つことなんてできない。

「結局人って自分のことが最優先なのかもしれないですね」

「だとしても……俺は今、腕の中にいるお前を愛することしかできないし、お前だけに幸せな気持ちを分けてやりたい、としか思えない」

噛みつくように口づけられて、美月は余計なことを考えるのをやめた。今は愛おしい人に触れられる心地よさだけを感じていられればいい。目を閉じて、彼の手のひらの感触を体で感じる。愛おし気に触れる少し硬い指。大事そうに触れる唇が、美月の体に少しずつ熱を移していく。

「ぁっ……はぁ」

目を閉じていると彼の存在を強く感じる。ここは誰にも邪魔されない二人だけの蜜獄だ。今はそこに囚われて、彼に愛されて、彼を愛することしか望まない。

彼の熱を帯びた唇が肌に落ちてくるたび、チクリと小さな痛みが走り、そこは彼の執愛の痕が残されていく。

「美月は、俺だけのものだ……」

執着を語る彼の声は昏い熱に浮かされている。なのにゾクリとするような悦びを感じてしまう。その囁きだけで、美月の中心がうねるような疼きを引き起こす。彼しか埋めることのできない場所を、イサックに今すぐ満たしてほしい。

「はい、私は全部、イサックのものだから……」

ゆっくりと目を開いて、彼の瞳を見つめると、いつもは凛とした彼の目に壊れかけたような、獣じみた熱が渦巻いている。結んでいる彼の黒髪がほつれ、乱れている様子がドキドキするほど色っぽい。

「だったら俺に食いつくされてしまえばいい」

「全部……余すことなく食べてください。それに私もイサックを食べてしまいたい」

恥ずかしい言葉が次々に唇から零れ落ちてくる。彼が欲しくて欲しくて体が疼く。先ほどから美月の太腿の辺りに当たっている熱を帯びた彼のモノにそっと手を伸ばして、ゆっくりと擦り上げると、彼は震えるように甘い吐息をつく。睫毛を震わせ、目元を染めて美月を艶めいた表情で見つめる。

「お前も俺を食べてくれるのか?」

「……私も、貴方に飢えているんです。ずっと会いたかったし、抱きしめてほしかったし、声も聞きたかったんです。なのに、たった一晩だけ抱いて、翌日には毒で意識を失って……。今度こそ、貴方がいなくなってしまうんじゃないかって怖くて怖くて……」

潤んだ瞳で囁くと、彼がぐぅっと喉を鳴らした。

「すまなかった。お前も不安だったんだな」

優しく髪をくしけずられて、緩やかにリズムを刻むように、背中をとんとんと撫でられた。嬉しくて彼の頤にキスを送る。

「これだけではお互いに足りないな。じゃあ、お前も腹いっぱいになるまで俺を食べたらいい」

ひょいと体を抱き上げられて、体勢を上下入れ替えられてしまう。

「ひゃっ」

そして彼は当然のように、美月の華奢な足首を持ち上げて、大きく開かせたうえで、お尻に手を回し固定する。

「……ほら、お前も食べたいだけ食べろ」

顔の上に跨られて、目の前に彼の硬くそそり立つものが明け渡される。美月はドキドキしながら、それにそっと手を伸ばすと、唇を寄せる。

「んっ……やられた分はやり返すから覚悟しておけよ」

先ほどまでの重たい空気が少し抜けて、いつも通りの彼の声が聞こえる。すごく恥ずかしい恰好をお互いにしているけれど、互いを貪り合えるのは確かにこの体勢しかないのかもしれない。

「ぁっ……ひゃ、だめ、そこっ」

美月が手を伸ばそうとした瞬間、大きく開かれた中心に、温かいものが這いまわった。淫らな水音がするたびに、頭の芯まで貫くほどの愉悦が美月の体を苛む。

「……美月のここは本当に美味しい」

舌なめずりの音が聞こえて、蜜口に舌をねじ込まれる。彼に味われていると思うと、恥ずかしさで、蜜口がきゅんと収縮して、気持ち良さが増す。可動域の広いイサックの舌は、美月の大事な部分を執拗に舐めまわす。

「あっ……ぁんっ……あ、零れちゃう……」

刺激にたまらず中が律動し、はくりと蜜の溶けだす感じに身を震わせる。

「本当にイヤラシイな。俺に舐めとってもらいたくて、どんどん蜜が溢れてくる」

唇を押し当てられて、じゅるじゅると、わざと音を立てて吸われ、美月は羞恥心に耐えかねて逃げ出そうとしたのに、ぎゅっとお尻を摑まれてさらに引き寄せられてしまった。そして今度は感じやすい芽の周りを、細く尖った舌がそよぐように動き回り始めると、たまらず甘えるような声を上げて啼いていた。

「気持ちよさそうでいいが……お前も俺を食べてくれるんじゃなかったのか？」

くつりと笑われ、ハッと気づいて、慌てて彼自身に手を添える。ちろちろと舐め上げると、彼が唸り声を上げた。

「気持ちいいですか？」

尋ねると、ああ、と蕩けたような答えがある。それが嬉しくて、美月は大きさと質量を増した彼を大きく咥え込むようにする。以前はこんなことをする自分なんて想像もできなかったのに、今は彼が悦んでくれると思うと、それだけで幸福感が身を満たす。

口の中で張り詰めた彼が擦れる感じは、蜜口で受け入れるのと同じような気持ち良さがある。もっと奥までほしくなって、口内の上顎で、彼の張り詰めた部分を擦り上げると、ゆっくりと飲みこむようにして、奥まで受け入れていく。

「無理するなよ」

心配そうに顔を上げた彼が美月の様子を確認する。瞬間、ドクンと口の中の彼が跳ね上がる。

「……たまらない……そんなに美味しそうに食べるな」

イサックの上気した目元が、欲望に甘く溶ける。きっと自分も同じような顔をして、彼を飲みこんでいるのだ。

「気持ひ、いいれすか?」

咥えたまま、舌足らずに尋ねた言葉に、項まで赤く染めた彼はこくりと小さく頷いた。喜んでくれているとわかると、嬉しさにまた体に熱がこみ上げる。目一杯口に咥えたまま、イサックが気持ちいいと言う裏側に舌を這わせると、彼は睫毛を伏せて、感に堪えないという表情でため息を漏らす。素直に感じてくれている姿が愛おしくてたまらない。

「ああ、お前が頑張ってくれている分、俺もお前をたくさん可愛がってやらないと」

欲に掠れた声がすごくセクシーだ、なんて思っていたら、指を使ってそこを大きく広げられて、剝かれた官能の芽を直接舌で攻めたてられる。

「ああ、ずいぶんとぷっくりと膨れ上がって……コリコリして、最高の御馳走だな」

「んはっ……んんっ、んぁ、……んんんんっ」

奥まで咥え込んでいるから、声が上げられなくて苦しい。なのに気持ち良くて、声にならない声を上げてしまう。彼は長い指を蜜口に差し入れ、感じやすいところを探り当てると、そこを丹念に刺激しながら、唇で尖った芽をちゅうっと音を立てて吸い上げた。

「はっ……あ、あぁっ、ダメ、も、イッちゃうっ」

息苦しそうなのを感じ取ったのか、彼が腰を上げて自らを彼女の口から抜く。慌てて追いかけるものの、彼の与える絶頂感に、体が震えて彼の腰を抱くことくらいしかできない。高い声を上げて啼きながら体を震わせていると、イサックは美月の膝にキスを落とした。

「……ああ、お前のイクところを見そびれた。やっぱり……こっちで食べてもらうほうがいいかもしれないな」

体を起こした彼が、再び美月の腰を引き寄せる。まだイったばかりの体はそれだけでヒクンと震えてしまう。

「ダメ、今はダメなのっ」

「……ダメじゃないだろう？　ほらまだ欲しがっている」

ぬちゅりと音を立てて押し付けられたのは、先ほどまで美月が必死に咥えていたモノだ。

「ほら、今度はこれで美月をたっぷりと可愛がってやりたいんだが……いらないか？」

意地悪く擦りつけてはわざと遠ざける彼のお尻をぎゅっと摑んで、自分に引き寄せてしまう。

「いじわる、しないで」

「ああ、意地悪はしない。今度はこっちの口でたっぷり味わってくれ」

くぷり。と淫らな音がして、入り口を広げられる。歓喜が背筋を駆け抜けて、思わず自分で腰を押し付けて、彼を迎えに行ってしまう。彼の唇と舌にたっぷり愛されたそこは、とろとろに溶けていて、何の抵抗もなく大きな彼自身をずぷずぷと受け入れてしまう。

「あぁああっ……」

ずっと物足りなかった中を彼の張り出した部分が擦り上げていく。出会ってから何度も抱かれて、もう体は彼の形を覚えている。受け入れるたびに、ぴったりと彼に寄り添って、甘く締めつける。気が遠くなりそうなほど、気持ちいい。

「イサックの、キモチイイ。気持ちいいのぉ……」

敏感になっている体を押さえこまれ、一度ぐいと奥まで突き立てられただけで、頭が白くなるほどの悦びがこみ上げてくる。

「こっちも寂しいか？」

そう言いながら口づけを送られて、互いの体液を舐めあったばかりの舌を絡ませながら、美月はヒクヒクと体を震わせ続ける。白く溶けていきそうな世界の中で、彼にすべてを塞がれて、身も心も幸福感と充溢感で、とろとろに蕩けてしまいそうだ。ゆっくりと彼が腰を送るたびに、彼女の中が彼を逃すまいと律動する。

「……美月の中は熱いな。それにきゅうきゅうと締めつけてくる」

口づけの合間にイサックが囁く。もっと彼が欲しくて、美月は自然と彼のお尻に手を置いて、ぴったりと自分に添うように引き寄せる。

「もっと……イサックを奥まで欲しいのぉ」

「……ああ。美月はどんどん素直になって俺を求めてくれる……」

そう彼が嬉しそうに言うから、もっともっと気持ち良くなるように、いやらしく腰を振り、淫らな声を上げて啼き続け、彼を強請る。

「もっとぉ……あぁっ……好き、そこ、いいのっ。……イサックので、いっぱい擦ってほしい」

何度も攻めたてられて意識が途切れ途切れになりながらも、彼が愛おしくてたまらず心も体もどんどん潤んでいく。

「好き。ダイスキ……もっと、いっぱい」

全力で彼を抱きしめて、自分の内側を満たす彼を体全体で感じ取る。また幾つも赤い花を肌に散らされ、狂ったように抱きしめられて、骨がきしむくらいの彼の腕の強さに至福を感じる。彼にならば壊されてしまっても構わない。

「美月、愛してる。お前だけだ……誰にもやらない」

「イサックだけでいいの。もう誰もいらない」

様々な運命に翻弄されて、人との縁は結びつけられたり、離されたりするけれど、この縁だけは、どんなことがあっても握りしめて二度と離さない。そんな思いを抱きながら、美月はイサックに四肢を絡めて唇を寄せる。少しも互いの間に入るものがないようにと、心の底から祈った。

「もう、全部イサックと一つになって溶け合ってしまえばいいのに……」

そう囁くと、彼は熱っぽい吐息をついて、美月の耳元に囁く。

「もう二度と離れられないように、か。それもいいな」

緩やかに、いっそ甘やかすように美月を穿つ彼自身を逃すまいと、中が彼を飲みこんでいく。

「そうすれば、もう誰からも奪われる心配をしなくて済む」

きっとそんな台詞を他の誰かに言われたら、その執着心が怖いと思うのだろう。けれど、イサックの言葉は美月の体の熱を高めるだけだ。

「美月、愛している」

「イサック、好き。またっ……」

愛おし気に見つめられて、再び体が火照る。思わず自分から彼にすり寄るように腰を揺する。すると彼は入り口の辺りまで抜き加減にしてから、最奥までずぶりと押し込んでいく。彼の張り出した部分がゾロリと美月の収縮する内襞を擦り上げていく。彼の存在を強く感じる。

「あぁ、たまらない。一回、イクぞ」

次の瞬間、イサックは抽送を早め、美月の中を激しく蹂躙し始める。登りつめかけていた体は引き絞られた矢が放たれるように、一気に愉悦の果てを目指す。

「あ、も、ぁっイクっ……」

絶頂感で真っ白になる中で、最奥は彼の熱い滾りを受け止める。彼が汗の雫を美月の胸元に落とす。思わずぎゅっと彼を抱きしめると、彼は脱力したように、美月の胸元で荒い息を吐き出した。その波打つ背中を撫でていると、こんなになるほど必死に自分を愛してくれるイサックが世界で一番大事なのだと改めて思った。

「――んっ、やん。イサック？」

お互いの存在を中で感じながら、キスをして触れ合っていると、ふと中の存在感が増していることに気づく。

「……悪い、やっぱり一度では止まらないな」

ゆるゆると動かれて、美月は小さく笑ってしまう。

「もう……いいですよ。私ももっとイサックのことを感じたい」

彼に注がれた白濁は何回分だろうか。互いの蜜はとろとろと二人の内と外を濡らし、絡めあった下肢は溶ける。絶頂に意識を落とすと、目覚めるたびに何度も貪り合った。

「はっ……ぁあっ……ひぁ…だっ……あぁぁあぁ……ふぁっ……もっ……イっ……」

逞しいイサックの手が、激しすぎる攻めに無意識で逃げ出そうとする美月の腰をがしりと捉えて、抑え込む。その瞬間、彼に求められている事実に胸が高鳴り、甘い喘ぎが上がる。

鍛えられた腰がしなり、美月の中を我が物顔で貫く。その動きに合わせて胸や足が触れ合うたび、そして愛おしむような手のひらが美月の体を這うたびに、ぞわぞわと悦楽が美月の脳を染めていく。彼に触れられれば美月の中まで愉悦が広がり、中の律動はイサック自身に美月の快楽を伝える。より一層昂るイサックに荒々しく求められて、美月は再び高みに押し上げられていく。

乱れた髪が彼の顔を縁取る。汗の雫が舞い落ちる。

――ああ、なんて綺麗なんだろう、と一瞬見惚れてしまった。美しい獣に愛されている歓喜が体中を満たしていく。絶え間なく繰り返される深くて激しい抽送に、堪えきれなくなって、再びガクガクと全身が震える。

「はっ……もっ……ダメっ……ひぁあああぁぁぁぁぁ」

目の前がチカチカとする。長く甘い声を上げて、幸福感と悦楽の頂点が交わった瞬間、また意識が白く溶けていく……。


「これだけしても……体力が尽きないんだな……。美月、体はつらくないか？」

ふと目を覚ますと、イサックが美月の髪を優しく梳いていた。激しい時間を過ごして体を労わられて、美月はゆっくりとその手を伸ばす。うーんと伸びをして、美月も小さく笑い返した。まだ萎え切らない彼が美月の中にいる。

「不思議ですね。つらくないです。これだけ……してるのに」

くすっと笑うと、イサックはそんな美月を抱くようにして、胸に顔を寄せた。

「美月。お前が好きだ。ずっと傍にいたい。『鍵』だとか、『錠前』だとかは俺にとっては最初から関係なかった。今もそれは一緒にいられる理由に過ぎない。これから先も美月といるためならいくらでも努力をする。だから今日みたいに俺を求め続けてくれ……」

甘えるように嘆願する彼がかわいく思えて仕方ない。さっきだって、ずっと自分を求めて、狂ったように腰を振って美月を何度も絶頂に追い込んでいったのに。意識が覚めたら、こんな風に違う形で自分を求めてくれるなんて。

「はい。ずっと一緒にいましょうね。イスヴァーンでも、日本でも、イサックさえいれば私はどこの世界でもかまわないけど、貴方にはずっと隣にいてほしい。一生囚われるなら、やっぱりイサックがいい。だから……ずっと一緒にいられるように……してくれますか？」

　その瞬間、彼は嬉しそうに目元をクシャリと細めて、美月が一番好きな笑顔を返してくれる。

「ああ、もちろん。お前が望んでくれるのなら。そして、『錠前』としての責務が終わったら」

　イサックが暁色の瞳を細めて、少しだけ不安そうに美月の瞳を見つめた。

「――俺と結婚してくれ」

「……はい。喜んで」

　彼の申し込みへの返事は迷うことなく、自然に美月の唇から溢れてきた。胸がきゅんと高鳴り、心音は徐々に速度を早めていく。身の内を浸していくのは、胸を熱くする幸福感だ。未来をずっとともに過ごしたいという彼の想いの証として、美月はその言葉がずっと欲しかったのかもしれない。

「嬉しい……」

泣き笑いの表情を浮かべ彼の胸に飛び込んだ瞬間、眩しいほどの白い灯りが部屋を満たしていき、美月はぎゅっと彼に抱き着いたまま目を閉じた。


「……初めまして、『錠前』美月。『鍵』イサック」

「初めまして。図書館。貴方が図書館、だったのね……」

ふと目を開くと、そこには、まるで王座のような立派な椅子に男性が座っている。美月もイサックも、先ほどまで裸で抱き合っていたはずなのに、きちんと普段通り、イサックは騎士の衣装を、美月はドレスを身に纏っている。

「大魔導師テルランド？」

イサックは思わず声を上げていた。美月は『王立魔法図書館』を創立させたという伝説の魔導士の名前に、目を見開く。

「さあ。そう呼ばれた頃もあったかもしれないな。思念体となっている今は、個としての感覚はあまりないのだ。……何はともあれ、よくここまで来たな……。正直、ここまで来る『錠前』と『鍵』がいるとは思わなかったが……」

面白そうに笑う男が身に着けているのは、ヴァレリーと同じ魔導士のマントだ。秀でた額にはサークレットを付けている。確かにそのいでたちは、本で見た大魔導師テルランドの姿、そのままだ。

「あの、今回ご相談したいことがあって、ここまで来ました。私、異世界からここに呼ばれてきた『錠前』なのですけど、『鍵』を決めるのにも苦労をたくさんして、いろんな人を傷つけて、私も一杯傷ついて。……それから、そのあともいろいろトラブルに巻き込まれて。最後には命まで狙われて……。あの、そもそもこのシステム、根本が間違っているっていうか、ずいぶん無理な設定になっていると思うんですけど、どう思いますか？」

いろいろ考えていたのに、思わず口から出たのは誤魔化しようのないストレートな本音だった。その言葉にテルランドは目を見開く。

「根本が間違っている？　私が考えた中では最良の方法だと思ったのだが……。なるほど、問題があるのであれば、新しい方策について考えてみようではないか……長い年月、私はこの図書館を守ってきたが、ここまで文句を言いに来たものは一人もいなかったからな。それなりに満足しているのかと思っていた……」

まったく悪びれてない、どこかひょうひょうとした男の言葉に美月はため息をつく。ヴァレリーと何となく雰囲気が似ているのは、魔導士というのがこういう人種だからなのかもしれない。

「問題大ありです。私が『錠前』でいる間に、改善策について相談に乗ってください。次の代には形を変えて、『錠前』にも『鍵』候補にも、もっと負担が掛からない方法を考えましょう。……もちろん一度にすべてを変えるのが難しいのはわかっています。だから試行錯誤して、最良の方法を考えていけたらいいと思います。……ちなみに毎回こんな苦労してここまで貴方に会いに来るのは無理なので、なにかしら効率の良い方法を考えてください！」

思わず声を荒らげると、彼は肩を竦めて笑う。

「私に向かって、これだけぞんざいな口を利く者も珍しいが……そうだな、何か不利益を与えているのであれば、対処方法を考えるのはやぶさかではない。さて、では何が一番の問題だ？」

※　※　※

こうして美月はイサックと共に、なんども図書館の元を訪れて、新しい図書館の『錠前』システムについて話し合いを持った。

「なるほど、人の感情を元にしているからこそ、意思を無視して無理やり書庫を開けられることがないから良いと思ったのだが……」

ぐしゃぐしゃと髪を掻き回しながら、テルランドはため息をつく。

「それに『錠前』を選ぶときにはかなり慎重に選んでいたつもりだったんだが……」

「……それで美月は、わざわざ異世界から連れてこられたのか？」

眉を顰めたイサックに尋ねられて、テルランドは肩を竦めた。

「まあ、こちらの召喚に応じないものは、そもそも連れて来れないからな。その点美月は何も疑うことなく、扉を開けたから」

まるで考えなしのように言われて、美月は思わずため息をついた。

「私のことはいいんです。あの扉を開けたからこそ、イサックに出会えたんだし。でもなんで一人の『錠前』に、三人も『鍵』候補者がいるんですか」

その三人の候補が、『錠前』に惹かれるようになっているから、ヤヤコシイことになるのだ。そう美月が言うと、テルランドは肩を竦める。

「組織を支えるには、三つ脚であることが、一番美しいからだ」

たしかに『鼎《かなえ》』という言葉が中国にあるけれど、三権分立とか、権力を三つに分ける形は美月の世界でも合理的だと考えられていた。つまり三と言う数はテルランドが言うように、最小で一番バランスがとりやすいということなのだろう。イスヴァーンで大きな力を持つ、王家と、魔導士ギルド、教会の三権分立は悪くない考えだと美月も思う。

「でもそれを『錠前』への好意と言う形で縛らなくても……」

「なるほど。では好意以外の何かの縛りを作ればいいのか」

そうやって話し合った結果、次からの『錠前』の選び方はいろいろと考慮され、美月の次の『錠前』と『鍵』候補から、違う形で行われることが検討されたのだった。

そんな忙しい毎日を過ごしているうちに、気づけば美月が初めて王立魔法図書館に来てから三年の月日が流れていた。そして……。

エピローグ

『人生には解決法なんかないんだ。

あるのは、前に進む力だけだ。解決法は、後からついてくるものさ。』

サン＝テグジュペリ

「美月、今までお疲れさま。そして今日はおめでとう！」

にっこり笑ったセイラは次の瞬間、視線をすいっと横に動かし眉を吊り上げる。その先には小さな子供がいて、祝い用に準備されているお菓子をこっそり摘まもうとしていた。

「ジェイ、ニコラウスをちゃんと見てて！　ホント、落ち着きがないのはジェイに似たんだと思うわ！」

「ちがうだろう。この悪戯大好きなところはお前にそっくりだぞ」

そう言い返しながら、セイラの夫であるジェイが、彼によく似た男の子を捕まえに走る。

「ひゃははは、くすぐったい。お父様、やめてっ、やめてぇぇぇぇ」

抱え上げられて父親にお腹をくすぐられるというお仕置きに、沖に上がった魚のようにぷるぷると身を震わせているのは、セイラとジェイの第一子、ニコラウスだ。まだ二歳だというのに、とにかく足が速くてすばしっこい。眉を吊り上げていたセイラは可愛い愛息の笑顔につられて、気づけば相好を崩し笑ってしまっている。

「美月さん、アルフェ様がいらっしゃいましたよ」

そう言って、図書館の中庭に用意された椅子に真っ白いドレス姿で腰かける美月に声を掛けてくれるのは、先日引退した美月に替わって新しい『錠前』になったクリスティーノだ。

小柄で可愛いけれど、意外としっかり者で、『鍵』の彼をしっかりと尻に敷いている。美月の時とは『鍵』の選定方法が変わったので、今回は『鍵』になったテオドア以外の候補者はいない。

元々恋人だった二人を、図書館と美月が『錠前』と『鍵』としてスカウトしたのだ。ちなみにテオドアの職業は元司祭である。それに関しては、あんな事件があったあとだ、各方面からいろいろと文句が出ないこともなかったけれど、教会側は余計な干渉をしないとの書状に誓約し、クリスティーノが彼以外では無理だ、と言い切ったので、今回に関しては司祭の『鍵』となった。

ただし、鍵になった時点で、テオドアは一旦司祭の仕事からは退いている。また『鍵』の役割を終えれば、司祭の職に戻りたいと彼は言っているのだけれど。

（司祭といえば……結局、エルラーンとライラはあのあと行方知れず、なんだよね）

事件のあとも近衛騎士団が彼らを探し回ったようだが、未だに何一つ情報がなく、きっとモーティス上級魔導士が言っていたように、他の人が入ることができない竜の森で、エルラーン司祭は今もライラの元で眠り続けているのかもしれない。

「イサックも美月も元気？　うちのマリウスも、たまにはニコラウスと会いたいかなって思って連れてきたよ」

ようやく歩き始めた我が子を連れて、今はハーランド公爵配となったアルフェがやってくる。

「マリウス、お前はちょっと見ない間に、どんどん大きくなるな」

イサックが手を伸ばすと、マリウスは素直にイサックの腕に縋りつく。ひょいと抱き上げられて嬉しそうに笑った。

アルフェは以前と同様に王宮に用事があれば、子連れで図書館に遊びに来るので、アルフェの息子のマリウスはすっかりイサックに懐いてしまっている。そんな姿を見て、近い未来、彼もこんな父親になるのではと、美月はにこにこと笑み崩れた。

「ってか、美月はこのまましばらく図書館で司書をするんだよね。イサックも美月がいる間は、ここで図書館の騎士続行の予定って聞いたけど……」

美月はその言葉に頷く。イサック曰く、少なくとも彼の妹ロザリアが他所に嫁に出るまでは、美月を連れてマルーンに戻るつもりはないらしい。美月としても、図書館のシステムが変わり始めたところで、心配なことも多いし、元々司書の仕事は好きだから、もうしばらくここで仕事をすることに決めた。今イサックは、アルフェの弟であるオリヴィエを次代の『図書館の騎士』とするべく、教育中だ。

「でも、アルフェが幸せそうでよかった……」

にっこり笑うと彼も屈託なく笑い返してくれた。

実はあの事件のあと、アルフェに縁談話が持ち込まれ、思うところがあって彼はその話を受けたのだという。

「いやあの時期、強硬にマルーン公爵がロザリアとの婚約話を進めようとしててね。でもさすがに、あの子じゃ僕には若すぎるし、それにイサックの妹だしねぇ」

そしてその縁談でアルフェはハーランド公爵の一人娘と出会った。

将来、自分自身で故郷ハーランドの領地運営をしたいと考えている彼女と、逆に領地の統治は気ままな自分には向かないと思っていたアルフェの思惑は一致し、喜んで妻に公爵の座を預け、自分は公爵配偶者の地位に納まった。完全な政略結婚ではあったものの、彼自身が授からないかもしれないと諦めていた第一子を、結婚後すぐ授かってから彼は変わった。

「うちの奥さんは、美人な上にしっかり者で仕事ができるし、気性は穏やかで優しいし、無理かもしれないって思っていた子供まで抱かせてくれたんだ。ほんと、最高の妻だと思わない？」

そして息子が生まれてから、もともと愛情の深いアルフェは、この程度の惚気を普通に言うほど、妻と子供を愛する良い夫になった。苦手だと言っていた領地運営に関しても、子育て中の妻を気遣ってずいぶん頑張っているらしい。そして王宮に来る用事があれば、美月たちの様子を伺いに、まめに図書館にも顔を出してくれる。

(あれから三年かあ。アルフェもいろいろ『錠前』の件では巻き込んじゃったから。幸せになってくれてよかった)

などと美月は胸を撫でおろしている。

——そして晴天に恵まれた今日は……。

「ヴァレリー遅いよ!」

空間が歪んで、ようやく姿を現した魔導士を見て、アルフェが声を上げる。魔導士のマントを身に着けた姿は以前と変わらないけれど、胸には、目立つ球体のネックレスを下げている。それはあの部屋でテルランドがつけていたサークレットと同じ紋章だ。イサックによると、それは大魔導士にだけ与えられる特別な意匠だという。

「ああ、大魔導士殿。忙しい中悪いな。じゃあこれで全員そろったな、始めるか」

そう言うとイサックは美月に手を差し出す。この三年間、いつでも彼女を守り続けていた手を取ると、美月はゆっくりと立ち上がった。

あの日、イサックがしたプロポーズの通り、美月たちは『錠前』と『鍵』を引退するのをきっかけに、結婚することを決めた。とはいえ、レギリオ教会の形式で結婚式をするつもりのない二人は、美月の提案で、本当に親しい人だけ招いて、日本で言うところの人前結婚式をすることにしたのだ。

長いヴェールを引いて、現代日本での婚礼衣装である白いドレスを身に纏い、騎士の正装をしているイサックにエスコートされて、美月はヴァージンロードに見立てた中庭の通路をゆっくりと歩いていく。

初めて見た時に感嘆の声を上げたように、今日も図書館の庭はミーシャのお陰で季節の花が咲き、美しく整えられている。中央にある東屋の前まで進むと、ゆっくりと後ろを振り向いた。

そこには、夫婦になっても仲睦まじい、元『錠前』と『鍵』のセイラとジェイが笑顔でこちらを見つめている。相変わらず、チュシャ猫のような笑みを浮かべながら空に浮かんでいるのはミーシャとサーシャの兄弟精霊。

父親となって少しは落ち着いたアルフェが、我が子を大事そうに抱いて立っている。数百年ぶりに、三十代で大魔導士となり、テルランド大魔導師以来の天才と言われているらしいヴァレリー大魔導士はそのアルフェの隣でひょうひょうとした表情を浮かべていた。

「えっと、それでは皆様。新郎新婦の誓いの言葉を見届けてください」

今年二十五になったばかりの元司祭、『鍵』テオドアは辺りを見渡して緊張した声をあげた。彼の言葉に小さく頷くと、美月はイサックと手を繋いで、二人で声を合わせて、誓いの言葉を述べる。

「本日、私たちは結婚式を挙げます」

キラキラとした笑顔を見せているセイラは、最初出会った時は一番大切な人の命を奪われそうで、本当に必死だったのだと思う。半ば騙すようにしてこの世界に連れてこられて、美月は否応なく『鍵』選びの儀式をすることになってしまった。

(でもその時頑張った結果が今、目の前にあるんだものね)

もしあの時美月が諦めていたら、得られなかったであろう命が二つ、いやもう一つ増えて三つだ。既にセイラのお腹は二人目の子供を授かった証に、柔らかな円を描いている。そんな彼女を愛おし気に見つめているジェイもとても幸せそうな表情だ。温かな家庭を築く二人を見れば、自分のやり通したことに、美月は誇りが持てそうだと思う。

「私達は、病めるときも、健やかなるときも……」

(アルフェ王子とはいきなり『儀式』だったし、そもそもベッドの中で出会ったんだっけ。綺麗で王子様らしい王子様で、でも本当に心の底から優しい人で。……イサックに惹かれてしまった私をずっと応援してくれたし、傍で見守ってくれたんだよね)

自由で気ままなのは変わらないけれど、しっかりとした奥さんをもらって、妻と子供を愛する父親になった。優しい人だから、きっと家族と一緒に、もっともっと幸せになると思う。

「この人を愛し、この人を敬い、この人を慰め、この人を助け……」

　ヴァレリー魔導士は相変わらず、研究三昧な日々を送っている。図書館にもよく来るし、そのたびに美月にちょっかいを掛けて、イサックはもう慣れた、と言いながらもやっぱり焼きもちを妬いているみたいだけど。結局ヴァレリーにとっては、女性より研究が一番魅力的で、大切らしい。そう言ってくれるのが彼の優しさなのかもしれないと思ったこともあったけれど、最近はそれが単に彼の本音なのだろうと美月は確信している。

「互いの命の限り、固く節操を守ることを誓います」

　その言葉と共に、美月は自然と常に横にいる人を見上げていた。強くて優しくて、どこか可愛い人。美月が世界で一番大切で愛していて、そしてどんな時でも美月を守って愛し続けてくれる人だ。

「……美月」

　ふわりと柔らかく腰に手を回されて、もう一方の手で頤を持ち上げられる。最初出会った時は、とっても感じが悪くて意地悪そうで、嫌なことばかり言う人だったのに、そのくせいつだって美月のことを守ってくれた……。

　記憶を失った時も、自分が嫌われても美月の心と体を守ろうとしてくれた。何度傷を負っても、躊躇うことなく前に立って、美月を庇ってくれた、そんな人だ。

「イサック」

　そっと互いに名前を呼び合うと、腰をぐっと引き寄せられる。美月は自然と目を瞑って、誓いのキスが降ってくるのを待っている。

「……愛している。これからも永遠に俺の腕の中から逃す気はない」

他の誰にも聞こえないくらい小さい声で、最愛の、嫉妬深くて執着の強い運命の人は囁く。

「私も愛してる。いつも助けてくれてありがとう。私、ずっと……イサックの傍にいるから」

「ああ。俺はこれからもずっと、美月の『騎士』としてお前を守り、『鍵』としてお前を慈しみ……何より、一人の男として永遠にお前だけを愛すると誓おう」

それは初めて彼と結ばれた時に、イサックが伝えてくれた愛の言葉だった。想いが通じた時の喜びが胸にこみ上げて来て、美月は瞳を潤ませる。

互いに笑みを浮かべた唇が触れ合うと、参列者が二人に向かって投げた花びらが風に舞う。

「美月おめでとう！」

「イサック、美月を大事にしないとひどい目に遭わせるからねっ」

「二人ともお幸せに……」

祝福を受ける二人の周りで、突如、強い風が花吹雪を巻き上げて、二人の周りをクルクルと周り、ついで美月のヴェールが空に舞い上がる。

気づくと、ヴァレリーが悪戯っぽい顔をしながら指先をクルクルと回し、ヴェールを操っていることに気づく。

「もうっ、ヴァレリーってば……」

美月が文句を言いかけた瞬間、イサックが彼女をそっと抱きとめる。

「……美月は俺の妻だ。いい加減、ちょっかいを出すのは辞めてもらおう」

「さあ、どうだかな。俺はお気に入りの有能な司書に、今後もいろいろと調べものを頼まないといけないし。妻としての美月は夫が独占したらいいが、司書としての美月は、王立魔法図書館のものだからな」

イサックの言葉に、肩を竦めて小さく笑うと、ヴァレリーはゆっくりと歩きだす。

「昨日からずっと、部屋にこもって魔導書を書いていたから食事を取ってない。腹が減ったな……今日は何を用意してくれているんだ？」

「あの、お祝いのご馳走を用意していますから、みなさんも食べてください」

新しい『錠前』の声に、がやがやと賑やかにみんなが中庭に用意されたテーブルに集まってくる。

「ではみなさん、準備はいいですか？」

各々がグラスを持つと、それを青い空に向かって掲げる。

「それでは、イサックと美月の幸福な結婚を祝して」

年長者のジェイの声にみんながグラスを合わせる。軽やかなグラスの触れ合う音が、深い森の中の、魔法図書館の中庭で響く。

「かんぱーい！」

※　※　※

「へえ、そうなんだ。美月ちゃん、そんな遠い国で結婚したの……」

「そうなの。なんでも東京の図書館で仕事していた時に、相手の人と出会ったみたいで」

尋ねてきた親戚のおばちゃんに、陽菜が二人で挨拶に来た時の写真を見せると、一気に声が華やいだ。お姉ちゃんは品の良いワンピース姿で、外国人の彼は三つ揃えのスーツを着ていて、二人ともすごく幸せそうに微笑みあっている。

「美月ちゃんの旦那様、すごいカッコいい人ね。モデルさんかなんか？」

「よくわからないけれど、御実家は土地を持っていて、その運営とかしているんですって。イサックさんっていうんだけど、きっと生まれる子供も可愛いんじゃないかって、お母さん、テンションあがりまくりで」

「わかるわ～。ハーフの子って可愛いものねえ。そのうちこちらにも連れてきてくれるかしら……」

お姉ちゃんの結婚の経緯を説明すると、大概の人は目を丸くする。正直、妹の立場からでも何がどうなったのかわからないことだらけだ。

ある日突然出会って恋に落ちて結婚を申し込まれて、そのまま彼の国に連れ去られちゃったんだって。で、彼の国にお嫁に行ってもいい？　って連絡がきて、そんな電話をもらった日には、どこのロマンス小説の話よって、こっちは家族全員で「はぁ？」って感じだったけれど。

ちゃんと美月のご両親に挨拶をしたい、と言ってスーツ姿で現れたお姉ちゃんの旦那さんは日本語も堪能だし、めちゃくちゃ素敵な人で、よくわからないけどお姉ちゃん、すごい人、捕まえちゃったんだな、ってびっくりしたんだ。

「相手の人は、お姉ちゃんが望むなら日本で暮らしてもいい、って言ってくれたらしいんだけど、将来のことを考えると、御実家のお仕事のこともあるし、向こうの国で一緒に暮らす方がいいんじゃないって結論になって。旦那さんの国は、緑が豊かで、綺麗なお城とかもあって、とっても素敵なところらしいの。いろいろ話し合った結果、将来的にはイサックさんは家の跡を継ぐことになったから、彼の故郷の方に行くらしいんだけど、今暫くはお姉ちゃんは、その国の図書館で仕事させてもらっているんだって」

「そりゃ土地持ちだっていうんだったら、最終的には跡をつぐことになるわよね。でもずいぶんと良いおうちの方みたいだし、美月ちゃんと結婚するってことで揉めたりしなかったの？」

さすが田舎のおばちゃん。やっぱりそこら辺は気になるよね。妹としてもそこはかなり気になったところなんだけど。

「うん、親御さんからのはっきりした反対はなかったらしいけど、向こうの妹さんが良い顔しなかったりとか、裏ではまあ、いろいろあったみたい。だけど、最終的には認めてもらったって。何よりお姉ちゃんの旦那さんが、『美月でないと嫌だ。反対するなら家名を捨てて、美月と一緒に日本で暮らす』ってご両親に言い切ったみたいで」

「あらあら、ずいぶんと大事にされているのね。でも幸せそうにしているのなら美月ちゃん、よかったわねえ……。そういえば、お姉さんの暮らしている国ってなんて国なの？」

「……えっと、なんだっけ。なんか長い名前で、聞いたんだけどいつも忘れちゃうんだよね……」

もともと世界地理なんて詳しくないから、名前がいつも思い出せない。それはお父さんもお母さんも一緒みたいで。まあでも、ヨーロッパのどこかの国ってことで大概は納得してもらえる。

「まあともかく。来年の春ぐらいに、結婚の報告にまた二人で日本に来るらしいの。私も楽しみにしてるんだ」

今はたまに来る国際電話ぐらいでしか話ができないけれど、お姉ちゃんが幸せそうで嬉しい。陽菜は離れて暮らしている姉を思って、自然と笑みを浮かべていたのだった。

※　※　※

雪解けの水がマルーン湖に流れ込む。故郷の湖はまだ冷たい水を湛え、キラキラと輝いている。ようやく温かくなってきた湖畔を望む庭で、彼の愛おしい妻は柔らかい声で絵本を読んでいる。

「そして、うさぎとねこは、ずっと幸せに暮らしました」

ゆっくりと絵本を閉じると、美月はゆりかごの中を確認する。それから笑みを浮かべてイサックの方に視線を向けた。

「セリア……寝ちゃいました」

ゆりかごの中には、まだ生まれて半年も経たない小さな我が子セリアがいる。美月に似ている可愛らしい女の子だ。乳飲み子に絵本を読んでやってもわからないだろうとイサックが揶揄《からか》うと、小さな頃からの教育が大事なのだと、長男リオンを産んでから、美月は毎回生真面目に答える。そんなところも、出会った頃から変わらない美月の愛おしいところだとイサックは思う。

「お前は疲れてないか？」

座っている美月の元で腰をかがめ、緩やかに頰を撫でる。二人目の子供のお披露目を兼ねて、久しぶりにイサックと美月は故郷であるマルーン城に里帰りをしている。

「はい、お義父様にも、お義母様にも親切にしていただいてますし……」

もともと美月との交際を反対してなかった母はともかく、父もイサックに良く似ている長男を抱くと、一気に美月派に鞍替えしてしまった。やんちゃだった妹のロザリアも嫁いでからは、ずいぶんと大人になったようで、イサック達の里帰りに合わせて顔を出したが、美月と穏やかに会話している様子に、ほっと胸を撫でおろしたものだ。

「私の自由にって言ってくれて、ずっと図書館にいますけど、そろそろマルーンに戻らなくてもいいんですか？」

美月が小さく笑みを浮かべて尋ねてくる。だが、正直それはどちらでもいいとイサックは思っている。

「美月がこっちで生活したくなったときで構わない。父上もまだまだ健勝なことだしな」

娘が眠るゆりかごを、そっと抱いて部屋に戻っていく。元気のいい長男と、生まれて間もない娘との生活で、最近はゆっくり美月と過ごす時間がなかったことをふとイサックは思い出した。

「……美月。セリアはいつ目が覚めると思う？」

ゆりかごで眠る娘を見ながら尋ねると、美月は小さく首を傾げて、おっぱいは飲んだし、おむつも変えたし、としばらく考え込んで、うんと首を縦に振った。

「たぶん、夕食ぐらいまでは眠ってくれそうな気がします」

やんちゃ盛りの長男のリオンは、湖の探検に行きたいと言って、父の護衛騎士と一緒に出掛けたところだ。帰ってくるのはこちらも夕食前になるだろう。

「……なるほど。じゃあ久しぶりに、俺は美月を独り占めにできるな」

くつくつと笑うと、美月は彼の思惑に気づいたかのように顔を赤くして、困ったような顔をする。だが、もう一押しすれば自分の腕の中で抗うことはない、とイサックは判断する。

「このところ美月と二人きりでゆっくり過ごせてないから、俺は非常に美月に飢えている」

じっと覗き込むと、美月の黒い瞳には、悪そうな顔をして不埒なふるまいを仕掛けようとしている夫が映っている。

「あ、ちょっと……イサック、ダメっ。まだ日も落ちてないのにっ」

愛しい妻をふわりとベッドに押し倒すと、少し逃げたさそうな顔をするから、イサックは美月の手を取り、小さくキスを落とす。

「息子も娘もたまらなく可愛い。俺の子を産んでくれた美月にはいつもいつも感謝している。……だがたまには俺にも美月を独占させてくれ」

そう囁くと、美月は困ったような顔をしながらも、艶めいた吐息を漏らす。官能に意識が傾き、じわじわと体温を上げていく。首筋に鼻を寄せれば甘い匂いが漂い、よけいたまらない気持ちにさせられる。

「うーん、図書館の騎士の魔導があれば、すぐに裸にできるんだが……」

そう言いながら、それでも授乳しやすいように作られたドレスの胸元を肌蹴させていく。乳母は不要だと言って、子供を自らの母乳で育てているから、美月の胸の形は少しだけ崩れ、色合いも変わっている。けれどそれも、自分の子供を彼女が愛情を持って育ててくれた結果だと思えば、なおさら愛おしい。

「もう……イサックってば」

文句を言いながらも、イサックがドレスを脱がせやすいように、いそいそと腰を上げたり腕を動かしたりしてくれるのは、出会ってから何年も一緒に過ごして、何百回と抱き合ってきた仲睦まじい夫婦だからこその呼吸だ。

「……美月、愛してる」

だから心のままにそう囁いて、そっと口づけを落とす。

「私も、愛してる」

そう囁き返す異世界から来た彼の妻は、いつものように嬉しそうに微笑み、彼の胸に頬を摺り寄せる。

そんな妻の様子を愛しく思いながら、二人きりのベッドの中で、美月を自らの腕の中にしっかりと囲い込む。

そしてイサックは彼の執愛の檻から美月が決して逃げ出したいと思わないように、これからも、深く優しく愛し続けることを、再び自らに誓ったのだった。

あとがき

こんにちは。当麻咲来《とうまさくる》です。このたびは『王立魔法図書館の［錠前］は執愛の蜜獄に囚われて』を手に取っていただきましてありがとうございます。今回、とても愛着のあるこのシリーズの完結編を出すことができて、心の底から本当に嬉しく思っています。

今作もさまざまな困難に振り回されることになる美月とイサックですが、二人の絆だけではなく、同時に彼らを追い込んでいく司祭、エルラーン側の事情も描くことができて、歪んだ形ですが、彼にも一種のハッピーエンド（?･）を迎えさせることができて、少しほっとしています。

もちろん、アルフェにもヴァレリーにも彼らなりのハッピーエンドになったのではないか。そして美月とイサックには、前作・前々作からお読みいただいている皆さまにも、満足してもらえるような、素敵な大団円を迎えられたのではないかと密かに自負しています。

このシリーズは、一作目が私のデビュー作でもあり、二〇一六年にコンテストのために作品を書いてから、四年をかけて完結編まで書かせていただいた、格別に思い入れのある作品です。ですから今回で彼らと一旦お別れになることがとても寂しいです。また機会があれば再び彼らの話を描ければ、とも思っています。もし何かの形で続編やスピンオフを見かけることがあれば、お手に取っていただければ嬉しく思います。

今回、表紙と挿絵を担当してくださった逆月酒乱様は、素敵な男性を描かれることで定評のあるイラストレイター様です。今回美月とイサックだけでなく、エルラーンやヴァレリーも生き生きと描いてくださり、素敵すぎる彼らにドキドキが止まりませんでした。本当にありがとうございます。

そして、この本に関わっていただいた皆さまのお力添えがあって、無事上梓することができました。本当にありがとうございます。

特に今作も前作に引き続いて、担当編集者様には力添えいただきました。毎回同じような指摘をさせてしまってすみません。最近、校正中に脳内編集者Sさんが登場するようになりました。でもベースが当麻なので、まったく役には立ちません。今後ともフォローよろしくお願いします。

さて錠前シリーズはこれにて完結ですが、まだ他にも書きたいお話は数えきれないほどたくさんあります。書店などで当麻名義の本を見かけたら、手にとっていただければ望外の喜びです。そして出版社様に作品の感想をいただければ、次回作と私のパワーの元になります。是非お待ちしております。

最後に、あとがきまでお付き合いいただいた皆様に、あらん限りの愛と最大限の感謝を‼

全シリーズ通して読んでくださった貴女様は、私にとって神様に等しい存在です！

今回は拙作をお手に取っていただき、本当にありがとうございました。また皆様にお会いできることを祈りつつ……。

当麻咲来

シリーズ 絶賛発売中！

王立魔法図書館の
「錠前」に
転職することになりまして
当 咲来
ウエハラ
MOON DROPS

王立魔法図書館の
「錠前」は
淫らな儀式に啼かされて
当麻咲来
城井ユキ
MOON DROPS

〈王立魔法図書館〉

王立魔法図書館の［錠前］に転職することになりまして

恋に奥手な26歳司書が4人のイケメンと急接近！媚薬に、魔法に、甘い囁き。積極的過ぎるアプローチに蕩かされ——。

初めて付き合った男性に別れを告げた夜、26歳の図書館司書・美月は、魔法と森に守られた不思議な図書館に迷い込む。この図書館の司書［錠前］にスカウトされた美月は、酔った勢いも手伝い契約を結んでしまう。彼女の使命は、優し気な金髪王子、ドSな魔導士、真面目な司祭の中から自分の［鍵］となる男性を探し出し、石化の魔法を掛けられた前司書の鍵・ジェイを助け出すこと。そのためには鍵候補の男性たちと肌を合わせてみなければならないという。おまけに図書館を守る騎士もやたら美月に絡んできて…。第1回ムーンドロップス小説コンテスト最優秀賞受賞作!!

王立魔法図書館の［錠前］は淫らな儀式に啼かされて

恋人を愛し過ぎる嫉妬深い騎士×恋に奥手な26歳の図書館司書。陰謀、誘惑、猜疑心……異世界で司書の受難は続く。

異世界に迷い込み、王立魔法図書館の司書［錠前］になった美月。候補者と肌を合わせる［鍵選びの儀式］の結果、書庫を開架できる運命の男性［鍵］となったのは騎士のイサックだった。二人は地方にある図書館の分館に赴きそれぞれの場所で「錠前を開ける儀式」を行うことになるが、イサックの故郷で美月の体に異変が起きる。

葉月クロル
異世界の恋人はスライム王子の触手で溺愛される

日車メレ
墓守公爵と契約花嫁　ご先祖様、寝室は立ち入り厳禁です！

真宮奏
狐姫の身代わり婚 〜初恋王子はとんだケダモノ!? 〜

御影りさ
少年魔王と夜の魔王　嫁き遅れ皇女は二人の夫を全力で愛す
次期国王の決め手は繁殖力だそうです

椋本梨戸
怖がりの新妻は竜王に、永く優しく愛されました。

怜美
身替り令嬢は、背徳の媚薬で初恋の君を寝取る

才川夫妻の恋愛事情　８年目の溺愛と子作り宣言
黙って私を抱きなさい！　年上眼鏡秘書は純情女社長を大事にしすぎている
才川夫妻の恋愛事情～７年じっくり調教されました～
イケメン兄弟から迫られていますがなんら問題ありません。
編集さん（←元カノ）に謀られまして　禁欲作家の恋と欲望
清く正しくいやらしく　まじめＯＬのビッチ宣言
鳴海澪――――――――――――――――――――――――――――――
俺様御曹司に愛されすぎ　干物なリケジョが潤って!?
溺愛コンチェルト　御曹司は花嫁を束縛する
赤い靴のシンデレラ　身代わり花嫁の恋
葉月クロル――――――――――――――――――――――――――――
拾った地味メガネ男子はハイスペック王子！　いきなり結婚ってマジですか？
春奈真実―――――――――――――――――――――――――――――
恋舞台　Ｓで鬼畜な御曹司
日野さつき――――――――――――――――――――――――――――
強引執着溺愛ダーリン　あきらめの悪い御曹司
ひより――――――――――――――――――――――――――――――
地味に、目立たず、恋してる。幼なじみとナイショの恋愛事情
ひらび久美――――――――――――――――――――――――――――
フォンダンショコラ男子は甘く蕩ける
恋愛遺伝子欠乏症　特効薬は御曹司!?
真坂たま―――――――――――――――――――――――――――――
ワケあり物件契約中　～カリスマ占い師と不機嫌な恋人
御子柴くれは―――――――――――――――――――――――――――
セレブ社長と偽装結婚　箱入り姫は甘く疼いて!?
水城のあ―――――――――――――――――――――――――――――
Ｓ系厨房男子に餌付け調教されました
露天風呂で初恋の幼なじみと再会して、求婚されちゃいました!!
あなたのシンデレラ　若社長の強引なエスコート
御堂志生―――――――――――――――――――――――――――――
欲望の視線　冷酷な御曹司は姫の純潔を瞳で奪う
エリート弁護士は不機嫌に溺愛する～解約不可の服従契約～
償いは蜜の味　Ｓ系パイロットの淫らなおしおき
年下王子に甘い服従　Ｔｏｋｙｏ王子
深雪まゆ―――――――――――――――――――――――――――――
社内恋愛禁止　あなたと秘密のランジェリー
桃城猫緒―――――――――――――――――――――――――――――
処女ですが復讐のため上司に抱かれます！
連城寺のあ――――――――――――――――――――――――――――
同級生がヘンタイDr.になっていました

〈蜜夢文庫〉好評既刊発売中！

青砥あか
入れ替わったら、オレ様彼氏とエッチする運命でした！
結婚が破談になったら、課長と子作りすることになりました!?
極道と夜の乙女　初めては淫らな契り
王子様は助けに来ない　幼馴染み×監禁愛

朝来みゆか
旦那様はボディガード　偽装結婚したら、本気の恋に落ちました

奏多
隣人の声に欲情する彼女は、拗らせ上司の誘惑にも逆らえません

かのこ
侵蝕する愛　通勤電車の秘蜜
アブノーマル・スイッチ～草食系同期のＳな本性～

栗谷あずみ
あまとろクルーズ 腹黒パティシエは猫かぶり上司を淫らに躾ける
楽園で恋をする ホテル御曹司の甘い求愛

ぐるもり
指名Ｎｏ．１のトップスタイリストは私の髪を愛撫する

西條六花
年下幼なじみと二度目の初体験？　逃げられないほど愛されています
ピアニストの執愛　その指に囚われて
無愛想ドクターの時間外診療　甘い刺激に乱されています

高田ちさき
ラブ・ロンダリング　年下エリートは狙った獲物を甘く堕とす
元教え子のホテルＣＥＯにスイートルームで溺愛されています。
あなたの言葉に溺れたい　恋愛小説家と淫らな読書会
恋文ラビリンス　担当編集は初恋の彼!?

玉紀直
年下恋愛対象外！チャラい後輩君は真面目一途な絶倫でした
甘黒御曹司は無垢な蕾を淫らな花にしたい～なでしこ花恋綺譚
聖人君子が豹変したら意外と肉食だった件
オトナの恋を教えてあげる　ドＳ執事の甘い調教

天ヶ森雀
アラサー女子と多忙な王子様のオトナな関係純情欲望スイートマニュアル　処女と野獣の社内恋愛

冬野まゆ
小鳩君ドット迷惑　押しかけ同居人は人気俳優!?

兎山もなか
才川夫妻の恋愛事情 ９年目の愛妻家と赤ちゃん
君が何度も××するから　ふしだらなスーツと眼鏡、時々エッチな夢

★著者・イラストレーターへのファンレターやプレゼントにつきまして★
著者・イラストレーターへのファンレターやプレゼントは、下記の住所にお送りください。いただいたお手紙やプレゼントは、できるだけ早く著作者にお送りしておりますが、状況によって時間が掛かる場合があります。生ものや賞味期限の短い食べ物をご送付いただきますとお届けできない場合がございますので、何卒ご理解ください。

送り先
〒160-0004　東京都新宿区四谷 3-14-1　UUR 四谷三丁目ビル２階
（株）パブリッシングリンク
ムーンドロップス 編集部
○○（著者・イラストレーターのお名前）様

王立魔法図書館の[錠前]は執愛の蜜獄に囚われて

２０２０年４月１７日　初版第一刷発行

著……当麻咲来
画……逆月酒乱
編集……株式会社パブリッシングリンク
ブックデザイン……モンマ蚕（ムシカゴグラフィクス）
本文ＤＴＰ……ＩＤＲ

発行人……後藤明信
発行……株式会社竹書房
〒102-0072　東京都千代田区飯田橋２－７－３
電話　03-3264-1576（代表）
03-3234-6208（編集）
http://www.takeshobo.co.jp
印刷・製本……中央精版印刷株式会社

ISBN978-4-8019-2229-7　C0193
Printed in JAPAN